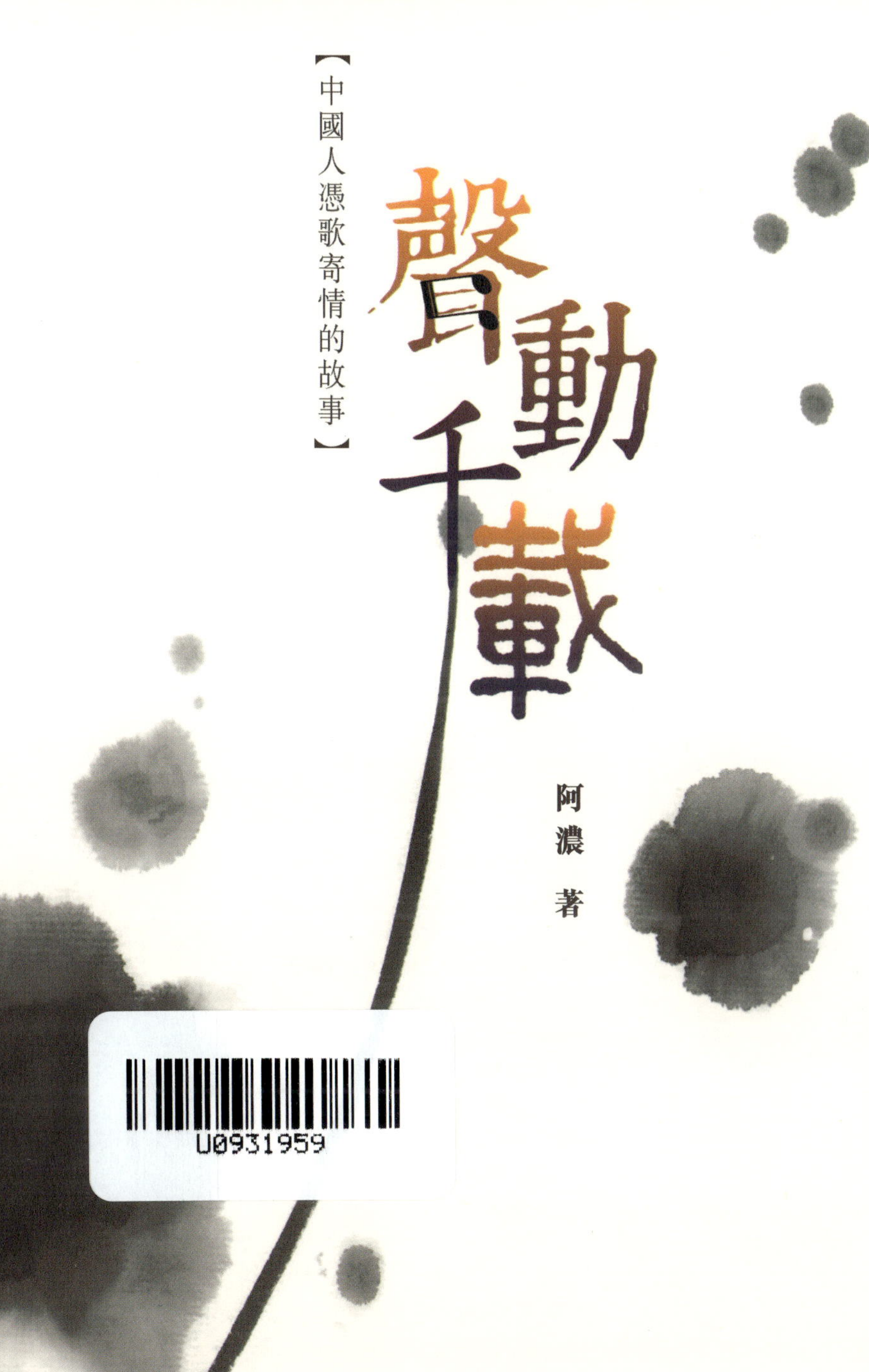

【中國人憑歌寄情的故事】

聲動千載

阿濃 著

聲動千載——中國人憑歌寄情的故事
作者／阿濃
總編輯／黃嘓坤
策劃編輯／周淑屏
責任編輯／黃玉琼
美術設計／劉碧雲
插圖／Dell
出版發行／突破出版社
香港沙田亞公角山路 33 號突破青年村
電話：2632 0000　傳真：2632 0388
電郵：breakthrough@breakthrough.org.hk
網址：http://www.breakthrough.org.hk
http://www.btproduct.com
承印／陽光（彩美）印刷有限公司
2015 年 7 月初版 1 刷
2020 年 9 月初版 2 刷

The Sound Echoed Thousand Years
by A Nong
First Printing, First Edition, July 2015
Second Printing, First Edition, September 2020

Printed in Hong Kong
ISBN 978-988-8246-67-0

本書採用環保油墨印刷

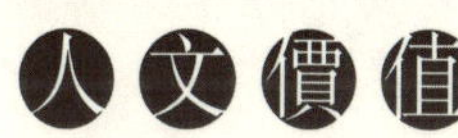

或坐在巨人的肩膀上，或呷一口書香，讓我們的生活漸次提升，讓眼界更遼闊。

目錄

序・愛唱的民族

這幾年中國大陸和台灣掀起賽歌熱潮，一個個大型歌唱比賽節目，吸引無數聽眾、觀眾。大陸的《中國好聲音》、《我是歌手》、《中國最強音》……台灣的《我要當歌手》、《亞洲歌唱大賽》……發掘了不少新人，增添了廣大人民的生活樂趣，由不聽歌變成樂迷的大不乏人。

其實中華民族自古就是一個愛唱歌、愛聽歌的民族。中國第一本文學經典，由聖人、大教育家孔子刪訂的《詩經》，就是一本歌詞集。風、雅、頌就是民歌、廟堂的歌、祭祀的歌、朝會的歌。孔子帶學生外遊被困，連吃的都沒有，但他「絃歌不輟」，繼續教學、奏樂和唱歌。他的「六藝」課程中就包括「樂」。

自古中國的歌唱便分雅、俗雙線發展。在某個場合，雅的陽春白雪，跟着和唱的只得數十人；俗的跟着和唱的有數千人，可見流行曲的魅力和唱歌人眾。而中國文學的主流一向可在雅俗間取得平衡，從「俗」吸取養料和大眾支持，又從「雅」中將質素提高，再推向市場。

中國的文化傳統自《詩經》到樂府到詩、詞、曲，能唱的佔了多數。格律配合詞牌，既是文人也是大眾的精神食糧。「凡有井水處，即能歌柳詞。」柳永是當年最紅的填詞家。而整本能唱的劇本：《西廂記》、《牡丹亭》、《竇娥冤》、《桃花扇》都影響深遠歷久不衰，像《牡丹亭》在現代作家白先勇的推動下，還煥發着青春。

有些歌（包括能唱和不能唱的）還結合着歷史事件，唱吟千古，像〈易水歌〉、〈大風歌〉、〈垓下歌〉、〈正氣歌〉。有些歌則跟生活密切結合，如《詩經》第一篇〈關雎〉可作婚禮的歌使用，〈無衣〉是出征用的戰歌，而〈陽關三疊〉是送行的歌，送葬用的有不同的輓歌。

這幾年我寫了幾本介紹中國文化的故事書，很受老師和同學的歡迎，包括《老井新泉》、《古典今趣》、《美麗的中國人》和《去中國人的幻想世界玩一趟》，我決定寫一本關於「歌」的書，就是這本《聲動千載》。

希望古代的歌聲能感動你的心靈，有助塑造中華民族的新人。

一

帝力於我何有哉！

國家領導人要來訪問的消息傳聞已久，這條村子的村長已經組織了清潔隊打掃過三次，可是堯帝還是沒有出現。

大家口中的堯帝是個好領導，據說他吃的是野菜，穿的是麻布，國家的水災使人民生活受到影響，堯要與人民同甘苦。

又據說他這次來訪的目的有兩個，一是聽聽百姓的意見，看朝廷有什麼要改善的地方；二是他年紀已經不小，想找到一個能幹的接班人。

說到聽人民的意見，堯一直注重，在他簡單的住所門外，放着一面大鼓，叫「欲諫之鼓」，誰要是對政府有什麼意見，可以敲打這面鼓，堯會親自接見，聽他的意見。他又在十字街頭，豎立一根醒目的木柱，經常有專人看守，叫做「誹謗之木」，「誹謗」在這裏解作批評和非議。誰有冤苦不平都可以向看守人陳述，看守人聽了就會給他指引，讓他的問題得到處理。

尋找接班人的事，堯也是真心誠意積極進行的。他聽說有個叫許由的人，行為端正，生活簡樸，克勤克儉，不慕名利，隱居在家，獲得許多人的讚美，稱他為賢士。於是堯曾兩次探訪他，都被他躲過了。終於在第三次，被堯找到了他。

堯見到許由就向他拜揖說：

「許先生，當太陽高照的時候，火把有什麼用呢？在大雨之後，灌園便是多餘。作為天子，我覺得已經沒有能力作出貢獻，為了百姓的福祉，先生可不可以接我的天子之位呢？」

許由聽了生氣的說：

「你是想我做個現成天子吧？我自耕自食，快樂得很。鷦鷯即使在森林裏築巢，也不過佔有一枝；鼴鼠到黃河飲水，也只能喝飽一肚皮，我對現在的生活十分滿足，你把天下給我又有什麼用呢？」

許由說罷就急速離去，走得匆忙還摔了一交。又不知走了多少路，發現自己身在箕山下，潁水旁。他覺得耳朵裏滿是一些煩厭的說話，總無法把它們清除。他見潁水是那麼清澈，充滿活力地向前流淌。「有了！我要洗耳。」他跪在河邊，把半邊臉浸在水裏，讓清涼的河水灌進耳朵，灌了左耳又灌右耳，感覺舒服了很多。這時他看見老朋友巢父正帶着他的老黃牛在河裏飲水，便跟他打個招呼。巢父問許由在這裏做什麼？許由把事情的經過說了一遍。巢父怪責他說：「你不早說，你弄污了的河水別吃壞我家老牛的肚皮！」邊說邊拉着他的牛到上游去了。

對許由洗耳的自命高潔的表現，唐朝詩人李白似乎另有看法，他在〈行路難〉一詩中說：

有耳莫洗潁川水，有口莫食首陽蕨。

含光混世貴無名，何用孤高比雲月？

說回那條等候堯帝大駕光臨的村子，有一位九十歲的老人，他雖然獨居，但身體健康，一切自理。當別人紛紛議論着堯帝的種種傳說，讚揚他為人民做了許多好事時，老人家自顧做他的農作，沒有掃地，也沒有收拾東西。他養的七八隻老母雞，在門前遺下不少排洩物也沒有隨時清理。

那天他在門前的菜田淋足了水，飽飽的喝了一碗麥粥，覺得無聊，又想舒舒筋骨，就在大路旁自個兒玩起擊壤的遊戲來。

這擊壤的遊戲據說來自狩獵，拋擲兩塊木頭，先拋出一塊，再拋第二塊，要擊中第一塊，用來訓練臂力和瞄準。老人家正玩得高興，還放開喉嚨唱着自編的歌曲，見村長領着一班陌生人過來，老人也不理會，繼續他的遊戲。

卻聽到村長對那羣人中帶頭的一個說：「瞧，這是我們村裏最年長的一位，他正享受他幸福的晚年，這全要感謝您賜給我們的太平盛世，豐衣足食。」

「這傢伙可真會奉承人，你貪圖些什麼？把我也出賣了！」老人家心中有氣，故意放開喉嚨唱道：

〈擊壤歌〉

日出而作，日入而息。
鑿井而飲，耕田而食。
帝力於我何有哉！

意思說，我靠我自己的勞力生活，關你皇家屁事！

村長見老人家出言不遜，連忙帶領那班人又去參觀別的地方。原來這班人正是堯帝和他的隨從。村長偷眼看堯帝並沒有不愉快的樣子，才

慢慢放下心來。

在外面巡視了整個月的堯帝終於回到家裏。兩個女兒娥皇和女英前來親近一番，問父親路上有什麼見聞？堯帝學那老人的腔調唱道：「帝力於我何有哉！」兩個女兒問這是什麼意思？堯帝道：「這是一位老人家說的，他覺得他日子過得滿足，靠的是自己，與朝廷無關。」兩個女兒說：「這老人家會不會自大了些？」堯帝說：「讓百姓過好日子，不覺得政府的存在，無為而治，正是我的理想，我喜歡！」

〈擊壤歌〉吟唱於四千年前，被認為是中國詩歌史上的第一首，已經有不畏權貴，自強自信的個人特質，可以說開了一個好頭。

二

雍門之歌

戰國時代的奇人列禦寇，是哲學家、文學家，更是說故事的能手。〈愚公移山〉、〈杞人憂天〉、〈歧路亡羊〉、〈夸父逐日〉、〈兩小兒辯日〉、〈野人獻曝〉、〈朝三暮四〉這些富哲理的故事都是他創作或記載下來的，影響深遠。

《列子》一書分八篇，一百四十章。第五篇篇名是〈湯問〉，記載商朝第一個國君成湯詢問大臣夏革，二人之間的對答。其中一節有兩個唱歌的故事。

薛譚跟秦青學唱歌，薛譚很有天分，有人說他唱得跟老師一樣好聽。加上薛譚年輕，又長得漂亮，表演時服裝華麗，又加上一些舞蹈動作。拿現在的話說，他的「粉絲」比老師還要多。

終於有一天，薛譚向老師告別，說要開展個人的歌唱事業。老師聽了沒有說什麼，只是微笑說要為他餞行。

餞行的地方在郊外，喝了幾杯酒之後，秦青說：「讓為師唱一曲為你送別。」他打着拍子唱了一首充滿離情的歌，附近的樹木都隨着他的音波振動，歌聲直衝雲霄，連雲也好像要停下來聆聽。薛譚為歌中的深情打動，更覺得自己歌唱的技巧有很多未及之處，便對老師跪下再拜說：「原來徒兒還有不少缺點，需要老師指正的地方很多。我決定留下來繼續接受老師的教導。」薛譚真的一直跟從老師，再沒有打算離開。

原來秦青也是一個很會講故事的人，他跟朋友們講了一則歌唱的故事，這故事講出音樂感人的力量，並且因這故事產生了一句成語，一直為我們所使用。

齊國國都的西城門有一個叫做雍門的地方，人來人往，十分熱鬧。每逢墟期，近郊的農戶把他們飼養的雞鵝、儲藏的雞蛋、收獲的瓜果蔬菜拿出來賣。山間的獵戶，也帶來了獐鹿野兔。除此之外，還有賣藥材的、占卜的、表演武術的，一片熱鬧。

附近有一座頹敗了的神殿，四面的牆都已倒塌，磚頭被人家一塊塊搬走，只剩下一個屋頂。一些賣唱的、賣武的就在屋頂下開檔。這天賣武的把場子移去露天地方，神殿下只得一檔賣唱的。

賣唱的是一個異鄉女子，瘦骨伶仃，一臉的風霜。她自稱從韓國來，故鄉連年饑荒，父母都餓死了，她一路賣唱，來齊國投靠舅公，舅公卻不知搬遷到何處去了。如今她在一家廉價的客棧暫住，希望唱歌籌點盤川繼續尋親，也賺點吃的。

她自彈自唱，是韓國民間小調，用一種鄉土唱法，聲音高揚美妙。可惜聽的人雖多，給錢的人卻少。這韓國女子難掩失望之情。

奇怪的事情發生了，以後幾天，一些聽過這韓國女子唱歌的，一走進她唱過歌的神殿，就好像聽到她的歌聲還在屋樑間縈繞。甚至走到街上，回到家裏，那歌聲也跟隨着若隱若現。這樣的情況，至少維持了三天。「繞樑三日」這句成語就是這樣產生的。

韓國女子吃了一碗麵回到客棧，老闆黑着臉向她討房租。她把吃麵剩下的錢全部交給老闆，老闆看了冷笑說：「你這裏付一天的房租也不夠，你已經住了三天了，晚飯前請你搬走，房間我已經租給別人了。」

天一暗客棧老闆就把韓國女子的簡單行李搬出客棧外，外面正下着毛毛細雨，很快就把她的行李淋濕。

韓國女子淋着雨，坐在她的行李前，前路茫茫，無家可歸，不禁悲從中來，用一種哀訴的哭聲唱出不知名的曲、也不知什麼內容的歌。她臉上的淚珠和雨點溶在一起，頭髮散亂往下滴水。歌聲像錐子，一聲聲鑽進人們的心扉，使人們的心揪緊，觸動淚腺，淚水忍不住向下流。有人想起悲苦的身世，有人憶念故世的親人，有人哀歎生命的短促，有人哀悼人間的不幸。歌聲像有腳，走進家家戶戶，這一夜聽到歌聲的人都沒有睡好。

第二天他們去客棧尋那女子，卻已不知她去了哪裏。想不到大家的鬱結和悲情並沒有消失，許多人吃不下東西，還無端流淚。這悲哀的情緒還會傳染，從一個人到一家人，從一條街到整個社區，都變得愁雲籠罩。幾天之後，終於有人想到要找到這個韓國女子，來解開大家的心結。

他們派人跟隨幾條大路去找尋，終於在東面一個小鎮找到她。告訴她整個雍門的人都被她的歌聲感動，希望再聽到她的演唱。希望她可以讓人們轉悲為喜，恢復城市的生氣。

廣場上結集了幾千人，還搭了一個高台。掌聲和歡呼聲中韓國女子上了台，她輕輕的開了口，竟然每個人都聽得清楚。她用無比清純的嗓音，唱出了春風蕩漾，流水歡暢，人們心中的冰塊在暖意中融化。她的節奏漸漸加快，並且伴着歡快的舞步，引得一班青年人跳上台去與她共舞。台下的男女老幼，也忍不住搖擺着身子，忘情地歡唱跳躍。一場演唱會繼續了兩個時辰，每個人的臉上都洋溢着笑意。

雍門人集體送了一筆旅費給韓國女子，希望她早日找尋到她的親人，並且祝她在歌唱事業上有很好的發展。

據說從此雍門流行起一股「韓風」，人民愛唱愛哭愛笑，出現了不少音樂家。其中一個叫雍門子周的琴師，彈奏一曲令戰國四公子之一的孟嘗君淚如雨下。

《列子・湯問・繞梁三日》

薛譚學謳[1]於秦青，未窮秦之技，自謂盡之，遂辭歸。秦青弗止。餞於郊衢[2]，撫節[3]悲歌，聲振林木，響遏行雲。薛譚乃謝求反，終身不敢言歸。

秦青謂其友曰：「昔韓娥東之齊，匱糧[4]，過雍門，鬻歌假食[5]。既去而餘音繞梁，三日不絕，左右以其人弗去。過逆旅，逆旅人辱之。韓娥因曼聲哀哭，一里老幼悲愁，垂淚相對，三日不食。遽而追之。娥還，復為曼聲長歌，一里老幼喜躍抃舞，弗能自禁，忘向之悲也。乃厚賂[6]發之。故雍門之人至今善歌哭，放[7]娥之遺聲。」

註

1 學謳：學唱歌。

2 衢：四通八達的道路。

3 撫節：打拍子。

4 匱糧：缺乏糧食。

5 鬻歌假食：賣唱寄食。

6 厚賂：贈送財物。

7 放：通「仿」，仿效。

三

與子同袍

公元前771年，西戎攻進了周王朝的京畿鎬京，周幽王出亡。鄰近外族的秦國面臨異族侵略，秦襄公宣布國家進入

緊急狀態，所有適齡壯丁，武裝起自己，準備作戰。

原來這時秦國是一個貧窮的國家，軍備不足，欠缺武器，連軍裝也沒有，所以要民眾自我裝備。

可喜的是大家都很齊心，把家中用得上的東西都拿了出來。除了武裝起自己，更把多出來的送給別人。一時熱氣騰騰，鬥志昂揚。

那受過軍訓的現役軍人操練大家排列陣勢，使用武器。又教他們吹號擊鼓，用來傳遞命令。一位熟悉音樂又會填詞的詩人寫了一首軍歌讓大家傳唱。

說也奇怪，軍歌一唱，大家不但步伐整齊，精神更是抖擻，而且全軍充滿同仇敵愾、團結友愛的精神。這首戰歌收在《詩經》的〈秦風〉中，給它一個題目叫〈無衣〉：

豈曰無衣？與子同袍[1]。
王于興師，修我戈矛，
與子同仇！

豈曰無衣，與子同澤。
王于興師，修我矛戟，
與子偕作。

豈曰無衣，與子同裳。
王于興師，修我甲兵，
與子偕行。

註
1 同袍：合穿戰袍，又作軍人（包括警察）互稱，例如：他作戰受傷，同袍紛紛慰問。

試把它譯做白話：

誰說我們沒戰衣？我們分享那戰袍。
君王下令去作戰，磨礪我們的戈和矛，
我們的戰意比天高！

誰說我們沒戰衣，我們分享那襯裏。
君王下令去作戰，磨礪我們的槍枝，
我們是合作的。

誰說我們沒戰衣，我們分享那戰裙。
君王下令去作戰，磨礪我們的甲兵，
我們並肩向前行。

四

風蕭蕭兮易水寒

秋深，易水潺潺，無休止地向下游流去。偶然吹過的一兩陣秋風，夾帶着幾片落葉，飄舞一會兒，終於無奈地落下。

數十個穿白衣的男人，肅立江邊，一張桌

子上放着酒壺酒杯，卻沒有椅子。

兩個沒有穿白衣的，一個是荊軻，他臉上沒有任何表情。一個是十四歲的少年秦舞陽，臉有憂色，避開眾人，老往荊軻身後站。

等待多時的日子終於來到，是一個策畫已久的殺人陰謀，要殺的是當今最有權勢最冷酷最獨斷的秦王嬴政。而擔任刺客的就是他，由衞國流浪來燕國的劍客荊軻。

荊軻接受了對方所有的優渥待遇，封他為上卿，有豪華的府第，太子每天來拜見他，車騎美女任他索取，只求他高興。一直失意的荊軻，不覺得有任何愧怍，因為他知道這一切，都是要用他的生命換取的。

在今天之前，已經有兩人為這個計畫獻出了生命。

一個是把荊軻介紹給太子丹的中間人田光，太子丹一句：「這是國家大事，希望先生不要泄漏。」田光就自我了斷，用自刎永遠封閉了自己的嘴。

一個是秦國叛將樊於期，荊軻想借他的頭作覲見秦王的見面禮，荊軻一開口，樊將軍就當着荊軻自刎了。如今他的頭就在荊軻的行李中，眼睜睜的，嘴角還帶着微笑。

陪着樊將軍頭顱的是一張督亢地圖，說是準備把這地方割讓給秦國，換取兩國的和平。但在捲着的地圖盡頭，是一把用毒藥焠過的匕首。

太子丹為荊軻斟了一杯酒，荊軻為秦舞陽也斟了一杯，這個十三歲就殺過人的少年，將作為副手，同往秦國。荊軻本來在等一個更適合的人，可是一直等不到，太子丹開始急躁，怕再等秦國的大軍就會壓境。幾次催促荊軻，荊軻找不到推遲的理由，只能勉強接受秦舞陽，好處是他還是個孩子，可減低對方的戒心。

送行隊伍都穿了喪服來，是提前送殯了。當然這兩人是必死的，不論行刺是成功還是失敗。用不着等一個月，易水照舊流着，地上的落葉更多，這班穿白衣的不會再為他們重新穿上白衣，他們到時或許已在為另一個棋局佈下一顆顆棋子。

在所有送行者中，荊軻感覺擔心他安危的只有一個高漸離。

他們曾經同在燕國街頭飲酒，喝到半醉，高漸離擊筑，荊軻唱歌，又哭又笑，旁若無人。他知道荊軻這次遠行的任務，他也知道好朋友將一去不回。不止一次在酒後，他對荊軻說：總有一天我們會同在另一個世界喝個飽唱個夠！

這時有人把所有的酒杯斟滿，每人手上拿着杯子，向荊軻高舉。太子丹一飲而盡，眾人跟隨。這時高漸離擊起筑來，其聲激越悲涼。荊軻隨着筑聲悲吟：

風蕭蕭兮易水寒，壯士一去兮不復還！

一陣猛烈的秋風呼嘯吹過，滿天黃葉飛舞。荊軻跳上馬車，秦舞陽跟隨，一聲馬嘯，荊軻頭也不回的絕塵而去。

歷代對這段史事吟詠者不少，我覺得最好的是唐朝駱賓王那首。

〈於易水送人〉

此地別燕丹，壯士髮衝冠。

昔時人已沒，今日水猶寒。

一個「寒」字包藏無窮意蘊，學子細細體味之。

五

人家夫妻團圓聚，孟姜女的丈夫造長城

她千辛萬苦、長途跋涉終於來到長城邊，十月的天氣已經很冷，手腳都有點麻木，斜揹的包袱中有寒衣，都是她一針一線為夫郎范杞梁[1]縫的。她自己的衣服在艱苦的路程中破了，髒了，但她要保留每一針每一線給他。

建造長城的夫役們都是一副勞累苦辛的樣子，衣衫單薄，在寒風中瑟縮着。他們見到一位從遠方前來尋人的婦女，都熱情地招呼她，向她送上熱水，邀請她一同吃飯。

吃飯時有人問她的來處，得知她來自千里迢迢的江南，便傳話江南老鄉前來對話，大家用鄉音交談。孟姜女[2]向他們打探范杞梁的消息，她向大家描繪一番，說他高高大大，眉清目秀，有點憂鬱，經常皺着眉頭。他的名字叫范杞梁，自稱阿梁。

便有人去請了來此最久的一位李大叔，讓孟姜女向他打聽。李大叔來到，聽了孟姜女帶淚的陳述，他從隨身的布囊中掏出一枚銅錢，上有「平安」二字，大叔道：「你可認得？」孟姜女淚如雨下，說正是臨別送丈夫之物。

李大叔說：「嫂子你別傷心，這銅錢正是范杞梁臨終交託，要我等機會交給他的家人。」

孟姜女邊哭邊問：「我丈夫因何死去？現葬何處？」

李大叔說：「那是一次塌牆意外，當大家把范杞梁從大堆亂磚中救出來時他已身受重傷。他自知命不久矣，就請在他身旁的我，從他頸上取下這枚貼身懸掛的銅錢，他說無兒無女，只有一位愛妻。」

李大叔又說：「長城工地並無墓地，客死的役夫就地埋於長城之中。據說他們的魂魄會保佑其他築城的工人。范杞梁的遺體也埋在城牆之中。」

孟姜女接過銅錢，問李大叔可不可以帶她到范杞梁埋屍的那處拜祭。

李大叔帶她來到一處說：「就是這裏了。」孟姜女見城牆還有修補過的痕跡。此時夕陽殘照，城牆上一片血色。孟姜女打開包袱，取出寒衣，撫着城牆說：「范郎，我帶你的寒衣來了！」

她向李大叔討了個火，燃着了寒衣，寒衣裏的棉絮迅速騰起火光，照着孟姜女的淚臉，但聽她說：「范郎范郎，你受寒了，這兩件棉衣是我一針一線幫你縫的。」一陣山風吹過，把那些灰燼吹上半天，在城頭上打旋。

大家抬頭望向天空時，沒留意孟姜女忽然躍起，一聲震動山谷的哀號：「范郎，我來了！」她把頭撞向城牆，眾人待救時，轟地一聲響，城牆崩塌了一大片，砂石紛飛，驚起幾隻烏鴉，向西飛去。

以上孟姜女哭長城的場景出自筆者創作。孟姜女的原故事出自《左傳》杞梁妻的故事，歷經變遷，到唐朝詩僧貫休的一首詩，奠定了這個民間故事的原型：

〈杞梁妻〉

秦之無道兮四海枯，築長城兮遮北胡。

築人築土一萬里，杞梁貞婦啼嗚嗚。

上無父兮中無夫，下無子兮孤復孤。
一號城崩塞色苦，再號杞梁骨出土。
疲魂飢魄相逐歸，陌上少年莫相非。

孟姜女的故事雖非出於正史，但歷代徭役為害深重，孟姜女的故事極具現實性，歷代詩歌戲劇多有吟誦演出。像在江蘇民歌和安徽黃梅調中都有類似的曲調，版本甚多，我在不同版本中選取我認為較好的合併如下：

正月裏來是新春，家家户户點紅燈。
人家夫妻團圓聚，孟姜女丈夫造長城。

二月裏來暖洋洋，雙雙燕子到南方。
新窩做得端端正，對對成雙在畫梁。
三月裏來是清明，桃紅柳綠處處春。
家家墳頭飄白紙，處處埋的築城人。
四月裏來養蠶忙，姑嫂兩人去採桑。
桑籃掛在桑樹上，抹把眼淚採把桑。
五月裏來是黃梅，黃梅發水淚滿腮。
家家田裏稻秧插，孟姜女田裏草成堆。

六月裏來熱難當，蚊子飛來叮胸膛。
寧可吃我千口血，莫叮我夫范杞梁。
七月裏來七秋涼，家家窗前裁衣裳。
藍紅綠白都做到，孟姜女家中是空箱。
八月裏來雁門開，孤雁足下帶書來。
杞梁身上衣單薄，哪有親人送衣來？
九月裏來是重陽，重陽老酒菊花香。
滿滿篩來我不飲，無夫飲酒不成雙。

十月裏來稻上場，牽礱打米納官糧。
家家都有礱米牽，孟姜女家中是空倉。
十一月裏來雪花飄，孟姜女千里送寒衣。
前面烏鴉來領路，走到長城冷淒淒。
臘月裏來過年忙，殺豬宰羊鬧洋洋。
人家都有豬羊殺，孟姜女心中苦斷腸。
宋代名臣文天祥在遼寧省綏中縣的孟姜女廟題了一副對聯：
秦皇安在哉？萬里長城築怨；

姜女未亡也，千秋片石銘貞。

是為生活在強權下的千萬忠於愛情的孟姜女寫下高度的讚美。

註

1 范杞梁：故事中的男主角最初的記載是「杞梁」，又名殖。後演變為范杞梁、范杞良、范喜良、萬喜良等等。

2 孟姜女：孟姜女的「孟」指兄弟姊妹中排行第一，姜才是姓。另外，「姜」又是美女的通稱。

六

力拔山兮氣蓋世

楚漢相爭，勝者劉邦，威加海內歸故鄉，而有〈大風歌〉渴求猛士守土四方。敗者項羽，垓下被圍，四面楚歌，良駒愛姬皆不能保有，乃有垓下悲歌。雖分勝敗，但各有動人之處。

〈垓下歌〉

力拔山兮氣蓋世，
時不利兮騅[1]不逝。
騅不逝兮可奈何，
虞[2]兮虞兮奈若何？

〈垓下歌〉的故事在京劇中有梅蘭芳的經典演出，劇本經千錘百鍊，現將它節錄了選登在下面。

註

1 騅：指項羽的坐騎烏騅馬。

2 虞：指虞姬，項羽的愛妃。

〈霸王別姬〉

虞姬——呀！

（唱「搖板」）

我一人在此間自思自忖，

猛聽得敵營內有楚國歌聲。

哎呀，且住！怎麼敵人寨內竟有楚國歌聲，這是什麼緣故？我想此事定有蹺蹊，

不免進帳報與大王知道。——啊，大王醒來！

項羽——（出帳，驚）啊？

虞姬——妾妃在此。

項羽——妃子，何事驚慌？

虞姬——適才正在營外閒步，忽聽敵人寨內，竟有楚國歌聲。不知是何緣故！

項羽——啊？有這等事？

虞姬——正是。

項羽——待孤聽來。

虞姬——大王請。

漢兵——（內唱「楚歌」）

沙場壯士輕生死，十年征戰幾人回？

項羽——哇呀呀……妃子，四面盡是楚國歌聲，莫非劉邦已得楚地不成？

虞姬——不必驚慌，差人四面打探明白，再做說較。

項羽——言之有理。

虞姬、項羽——（同喚侍從）近侍哪裏？

〔近侍上。〕

近侍——參見大王，有何吩咐？

項羽——四面盡是楚國歌聲，吩咐下去，速探回報。

近侍——遵旨！（近侍退下。）

項羽——嘿，孤想此事定有蹺蹊。

虞姬——且待近侍回報。

〔近侍上。〕

近侍——啟稟大王，敵營之中，確是楚國歌聲，特來報知。

項羽——詳細打探，再來回報！

虞姬——（附和催促）快去！

近侍——遵旨！（近侍退下。）

項羽——妃子，敵軍多是楚人，定是劉邦已得楚地，孤大勢去矣！

虞姬——此時逐鹿中原，羣雄並起，偶遭不利，也屬常情。稍捱時日，等候江東救兵到來，那時再與敵人交戰，正不知鹿死誰手！

項羽——妃子啊，你哪裏知道！前者，各路英雄各自為戰，孤家可以撲滅一處，再佔一處。如今，各路人馬一齊併力來攻，這垓下兵少糧盡，是萬不能守。八千子弟兵縱然勇猛剛強，怎奈俱已散盡。孤此番出兵，與那賊交戰，勝敗難定。哎呀，妃子啊！

虞姬——大王！

項羽——看來今日，就是你我分別之日啊……了！

〔虞姬掩面而泣。〕

項羽——（唱「散板」）

十數載恩情愛相親相倚，眼見得孤與你就要分離。

〔營外烏騅馬嘶聲。〕

項羽——此乃孤的烏騅聲嘶……近侍過來，將烏騅牽了上來！

近侍——是。（近侍牽馬上。）

項羽——烏騅呀烏騅！想你跟隨孤家東征西討，百戰百勝。今日被圍垓下，就是你……

咳！也無用武之地了！

（唱「散板」）

烏騅馬牠竟知大勢去矣，因此上在帳下咆哮聲嘶！

〔烏騅嘶聲愈烈，不肯退去。虞姬作手勢叫近侍牽馬出帳。近侍與馬齊退下，項王追至帳門，久久佇足……〕

虞姬——（喚項羽回帳）大王，大王！大王。

〔項羽回過神來，緩步進帳。〕

虞姬——好在垓下之地，高岡絕岩，不易攻入，候得機會，再圖破圍求救，也還不遲……

項羽——唉！

虞姬——（強做笑容）哦，備得有酒，再與大王對飲幾杯。

項羽——如此，酒來！

虞姬——大王，請。

〔吹打，兩人移步桌前入座，斟酒。〕

虞姬——大王請！

〔「急三鎗」牌子。同飲酒。〕

項羽——（擲杯）咳！想俺項羽乎！

（唱）

力拔山兮氣蓋世，時不利兮騅不逝。

騅不逝兮可奈何，虞兮虞兮奈若何？

虞姬——大王慷慨悲歌，使人淚下。待妾妃歌舞一回，聊以解憂如何？

項羽——如此，有勞妃子！

虞姬——如此，妾妃出醜了！

〔虞姬下，未幾，持雙劍復上，背對項羽抹淚。項羽凝視虞姬。虞姬強做鎮定，避開項羽目光，取劍起舞。〕

虞姬——（唱）

勸君王飲酒聽虞歌，解君憂悶舞婆娑。
嬴秦無道把江山破，英雄四路起干戈。
自古常言不欺我，成敗興亡一剎那，寬心飲酒寶帳坐。

〔「夜深沉」牌子，虞姬舞劍。〕

項羽——（苦笑）啊哈哈……

〔「掃頭」。虞姬一曲舞畢，近侍急上。〕

近侍——啟奏大王，敵軍人馬分四面來攻。

項羽——吩咐眾將分頭迎敵，不得有誤！

近侍——領旨。

項羽——（轉對虞姬）妃子啊，敵兵四路來攻，快快隨孤殺出重圍。

虞姬——哎呀，大王啊！妾身豈肯牽累大王。此番出戰，倘有不利，且退往江東，再圖後舉。願以大王腰間寶劍，自刎君前，免得念妾身哪！

項羽——這個……妃子你，你……不可尋此短見。

虞姬——唉，大王啊！

（唱）

漢兵已掠地，四面楚歌聲。

君王意氣盡，賤妾何聊生！

項羽——哇呀呀……

〔內喊聲。虞姬驚，欲奪項羽腰間寶劍，項羽轉身避開。〕

項羽——使不得，使不得，不可尋此短見！

〔虞姬再索寶劍，項羽再次避開。〕

項羽——妃子，不可尋此短見！

〔虞姬第三次索寶劍，項羽又復避開。〕

項羽——妃子，不可尋此短見啊！

虞姬——（機智的，指向帳門處）大王，漢兵他，他，他……殺進來了！

項羽——（不知有假，轉身看去）待孤看來……

虞姬——（待他方一回頭，趁勢拔出項羽佩劍）罷！（自刎死。）

項羽——（意識到受騙，猛回頭向虞姬，驚見腰間抽空的劍鞘，驚呼）啊！

這——（話未出口，見虞姬自刎於前，項羽頓足不已）

項羽——（痛悔，歎）哎呀！

〔眾侍女扶虞姬下。〕

大風起兮雲飛揚

劉邦戰勝了真正的對手項羽之後，做了皇帝。一些共同作戰的兄弟們，總以為自己功勞偉大，而賞賜不足。劉備只得把他們分封為這個「王」那個「王」，讓他們過過立地為王的小皇帝癮。如果他們安分也就罷了，如果還想作反，他就絕不手軟。

公元前 196 年，劉邦即皇帝位的第六年，淮南王英布（又名「黥布」）起兵反漢。這英布久歷戰陣，驍勇善戰，最後要劉邦親自出征，才平定了亂事，英布被殺。

劉邦班師回朝，路經自己成長的地方沛縣。

說到這個沛縣，現在屬江蘇省，被稱為「千古龍飛地，一代帝王鄉。」劉邦曾在此擔任過小小的泗水亭長。

劉邦做了皇帝之後，他父親住在京城的深宮中，生活完全改變，失去了自由。他本來生活在沛縣屬下的豐邑，結交的是屠夫、小販、賣酒的、賣餅的，跟他們鬥雞、踢毬，尋歡作樂，如今規矩多多，無人可以交談，所以整天悶悶不樂。劉邦是個孝順兒子，為了解除父親的寂寞，他派人在驪邑（今西安臨潼區）建造一個新村，要完全仿照豐邑的街巷佈局，並且歡迎豐邑的鄉親故友到這裏定居。因為模仿得太相似了，連雞呀、狗也都認得路回家。劉邦的父親有如回到故鄉，這才高興起來。

話說劉邦回到沛縣，召集了昔日認識的尊長、故舊、後輩、街坊鄰里，分批歡飲了十多天。到大聚會的日子，一百二十個經過排練的青少年，集體歌唱助興，場面火熱。劉邦喝了幾杯，帶着酒意，好像回復到少年時代，一面擊筑，一面即興的唱起歌來：

大風起兮雲飛揚，

威加海內兮歸故鄉，

安得猛士兮守四方？

那一百二十個歌手也跟着反復和唱，劉邦忘情地跳起舞來，把氣氛推至高潮。

這時大家在明亮的火光中看到劉邦流下淚來，是歡喜的淚，還是有所傷感，只有他自己最清楚。

就在第二年，即公元前 195 年，劉邦因為在英布之戰中為流矢所傷，一直沒有痊癒，竟以六十二歲的盛年離世。

這只有三句的即興作品，被稱為〈大風歌〉。後人欣賞它氣勢的恢宏，有領導人的氣魄，還有求才若渴的誠意，當然也反映了他對政權安穩的危機感。

現在沛縣有「歌風台」、「大風歌碑」等古蹟。

八

蒿里誰家地？
聚斂魂魄無賢愚

秦末羣雄並起，其中有齊國貴族田氏兄弟田儋、田榮、田橫，三人都做過齊王，在殘酷的攻伐戰中或死或敗。到最後，劉邦消滅了項羽，自立為帝。田橫率五百餘部眾逃入一海島（今山東即墨田橫島）。

劉邦擔心田橫手下多能人，怕他以後為亂，便派使臣赦免他的罪，並且要召見他。如果肯來，封他王侯；如果不來，就會派兵誅殺。

田橫帶同兩位門下客隨使者往洛陽，他在離城三十里的地方歇下，說人臣見天子要先洗沐。洗沐後他對門下客說：「我田橫跟劉邦都做過國君，他現在做了天子，我卻是臣虜要拜見他，是多麼的恥辱！他想見我不過是要見見我的樣貌，你們一會兒拿我的頭快快去見他，只不過快跑三十里，我的樣子還未變。」說罷就引刀自刎，門下客帶了他的頭跟使者去見劉邦。劉邦見了為之流淚，說兄弟三人輪流為王，殊不簡單，他如此去了，真是可惜！派了二千士兵，用王者的禮儀葬了田橫，還封了他的兩個門下客為都尉。

在送葬的儀式中，兩個門下客用悲哀的聲音唱起一首輓歌：

薤[1]上露，何易晞[2]！

露晞明朝更復落，人死一去何時歸！

蒿里[3]誰家地？

聚斂魂魄無賢愚。

鬼伯一何相催促！

人命不得少踟躕[4]。

據說到西漢時音樂家李延年把它分為〈薤露〉、〈蒿里〉兩曲。〈薤露〉為王公貴人送葬，〈蒿里〉為士大夫庶人送葬。此輓歌的意思是生命易逝如草上之露，鬼伯到時不容延遲，無論賢者、愚者命運都一樣。

葬禮完成後，兩個門下客在墳前自刎而死。劉邦慨歎說：「田橫真的能得人心，聽說他還有五百部下在海島，其中必多能人，我想見見他們。」於是五百門下客又奉召到京。他們不知道田橫和兩位門下客已死的消息，到知道時，他們要求到墳前拜祭。在〈蒿里〉的哀歌聲中，一同自刎而死。

太史公司馬遷在《史記》的〈田儋列傳〉中說：「田橫之高節，賓客慕義而從橫死，豈非至賢！」司馬遷遺憾沒有人把田橫和這班義士畫下來，他說：「不無善畫者，莫能圖，何哉！」

直至 1928 年，現代畫家徐悲鴻開始根據〈田儋列傳〉創作大型油畫〈田橫五百士〉，至 1930 年完成。

註

1 薤：音「械」，植物名，葉細長，中間空心，外表像韭菜。

2 晞：乾的意思。

3 蒿里：人死後魂魄聚居的地方，指黃泉。

4 踟躕：徘徊不前。

九

胡笳本自出胡中，緣琴翻出音律同

這是回到漢家的第一個晚上，謝了聖上，謝了為此事出力最多的曹丞相，經過長途跋涉的蔡文姬，需要好好休息一下。

她做了一個夢，夢中她被擄劫，顛簸於馬上，任

她如何呼號哭叫，還是夾雜在無數的胡人中，被送往遠方……

她帶淚醒來，心還是噗噗的亂跳，這十二年前的一幕是她做過無數次的噩夢，想不到回到家鄉還會再做。

她坐起來細看了周遭的一切，又用力捏了自己一把，證實自己的確已回到家裏，回鄉不是又一場虛假的夢。

她轉身再睡，見兩個兒子歡笑着撲向她的懷抱，媽媽、媽媽的叫個不停。她緊緊地抱住他們，眼淚像泉湧般流出。「我要媽媽！媽媽不要走！」兩個孩子越抱越緊，在她臉上不停親吻，她忍不住號啕大哭，哭得像要氣絕……在一聲長號中她又醒來，發覺枕頭濕了一大片，母子分離是殘酷的現實。

她無法再睡，起牀打開琴囊，輕撫幾下，前塵往事一幕幕重上心頭。她又發現琴聲中夾雜了胡笳的音色，她在胡地時學會了這種樂器，還用來吹奏漢家的歌曲。想不到在這個還鄉的初夜，琴聲中竟無法排遣那異鄉的情思。

她隨思緒邊彈邊唱，靈感如流水連綿不絕，在黎明之前她完成了十八個曲子。這被稱為〈胡笳十八拍〉的長篇敘事詩和琴曲，成為藝術和文學史上的曠世作品，感動了無數人。限於篇幅，我們只能介紹其中七拍。

我生之初尚無為，我生之後漢祚衰。
天不仁兮降亂離，地不仁兮使我逢此時！
干戈日尋兮道路危，民卒流亡兮共哀悲。
煙塵蔽野兮胡虜盛，志意乖兮節義虧。
對殊俗兮非我宜，遭惡辱兮當告誰？
笳一會兮琴一拍，心憤怨兮無人知！

以上第一拍，寫天地不仁，被胡人擄去，遭受惡辱，怨憤無處可訴。

越漢國兮入胡城，亡家失身兮不如無生！

氈裘為裳兮骨肉震驚，羯羶為味兮枉遏我情。

鼙鼓喧兮從夜達明，胡風浩浩兮暗塞營。

傷今感昔兮三拍成，銜悲蓄恨兮何時平？

以上第三拍，寫進入胡城，亡家失身，生活習慣和環境一切都難以適應。

雁南征兮欲寄邊聲，雁北歸兮為得漢音。

雁高飛兮邈難尋，空斷腸兮思愔愔。

攢眉向月兮撫雅琴，五拍泠泠兮意彌深。

以上第五拍，說無法與漢家通音訊，想借大雁通消息也只是一種幻想。

為天有眼兮何不見我獨漂流？為神有靈兮何事處我天南海北頭？

我不負天兮天何配我殊匹？我不負神兮神何殛我越荒州？

製兹八拍擬排憂，何知曲成兮心轉愁。

以上第八拍，為自己不幸的遭遇責問天地神靈。

東風應律兮暖氣多，知是漢家天子兮布陽和。

羌胡蹈舞兮共謳歌，兩國交歡兮罷兵戈。

忽遇漢使兮稱近詔，遣千金兮贖妾身。

喜得生還兮逢聖君，嗟別稚子兮會無因。

十有二拍兮哀樂均，去住兩情兮難具陳。

以上第十二拍，寫得贖回漢但要與兩兒分別的矛盾心情。

身歸國兮兒莫之隨，心懸懸兮長如飢。

四時萬物兮有盛衰，惟我愁苦兮不暫移。

山高地闊兮見汝無期，更深夜闌兮夢汝來斯。

夢中執手兮一喜一悲，覺後痛吾心兮無休歇時。

十有四拍兮涕淚交垂，河水東流兮心自思。

以上第十四拍，寫思念兒子的深深痛楚。

胡笳本自出胡中，緣琴翻出音律同。

十八拍兮曲雖終，響有餘兮思無窮。

是知絲竹微妙兮均造化之功，哀樂各隨人心兮有變則通。

胡與漢兮異域殊風，天與地隔兮子西母東。

苦我怨氣兮浩於長空，六合雖廣兮受之應不容！

以上第十八拍，寫胡笳與琴結合表達心中怨苦，天地雖廣也容納不下。

十

上邪！我欲與君相知……

你來了，眉頭緊蹙，憂思深深。

你不必說，我知道你心裏想些什麼。

你擔心我的父母不喜歡你，從沒好的臉色給你看。

你擔心你的父母不喜歡我，每次見面都是那麼冷淡。
你擔心你的家世不如我，貴族怎麼能跟平民聯姻？
你擔心我們部族之間有仇怨，雖年月久遠卻未能忘記。
你擔心有太多的人追求我，他們的條件看上去都比你好……
親愛的，我說過多少次，叫你一切都別擔心，我要向上天發誓：

上邪[1]！
我欲與君相知，長命無絕衰[2]。
山無陵，江水為竭，
冬雷震震，夏雨雪，

註

1 上邪：「邪」同「耶」，感歎詞。讀作「上耶」，相當於「天呀！」

2 長命無絕衰：「命」通「令」，使我們的愛情永不衰亡。

天地合，

乃敢與君絕！

〈上邪〉屬樂府鼓吹曲詞，《鐃歌十八曲》之一。試把整首詩譯出來：

上天呀！
我要跟你好，
永遠永遠不會改變。
除非高山化為平地，
江河水乾得見底。
除非冬天驚雷霹靂，
夏日降下大雪，

天和地連成一片，
我才會跟你決絕！

這首曲顯示一個年輕女子對愛情的堅貞執著，無畏無懼，勇敢獨立，而它一氣呵成的氣勢，形成文學技巧上震撼的效果，也使後世讀者驚歎。

十一

北方有佳人

漢武帝劉徹喜歡聽歌，宮中負責音樂的官員李延年有一次獻上一首名為「佳人」的歌：

北方有佳人，
絕世而獨立。
一顧傾人城，
再顧傾人國。
寧不知傾城與傾國，
佳人難再得。

「絕世而獨立」寫出了佳人不但美麗還有個性，再從反面着墨，說佳人的破壞力足可傾城滅國，是一種誇張的描述，卻挑起了一個帝王不信邪的鬥志，他偏要擁有這個女人，而不讓她影響他的管治。所以這首歌是極成功的推銷廣告。劉徹聽了問：「真有這樣的女人嗎？」劉徹的姐姐平陽公主說：「描寫的其實就是李延年的妹妹。」

引見的結果，果然使劉徹十分動心，封之為「夫人」。兩人十分恩愛，李夫人還幫他生了一個兒子叫劉髆。

後來李夫人患了重病，劉徹去探望她，她背着臉睡在牀上不肯讓劉徹看到她的病容。她知道她的得寵，主要是靠她的美貌，她不想病容破壞了君王的印象。靠面孔邀寵的姬妾，不能不提防「色衰愛弛」。

李夫人死後，劉徹寫了一首〈落葉哀蟬曲〉悼念她：

羅袂兮無聲，玉墀兮塵生。

虛房冷而寂寞，落葉依於垂扃。

望彼美之女兮，安得感余心之未寧？

這首詩介紹到西方後，美國詩人龐德（Ezra Pound）將之譯為英詩，題目就是“Liu Ch'e”（劉徹）：

The rustling of the silk is discontinued,
Dust drifts over the court-yard,
There is no sound of foot-fall, and the leaves
Scurry into heaps and lie still,

And she the rejoice of the heart is beneath them :

A wet leaf that clings to the threshold.

這最後一行是龐德於原詩之外加上去的，是他的創作。

李夫人死後劉徹十分懷念，終於找到一位據説能召人魂魄的方士，讓劉徹在輕紗帷幕中似乎看到李夫人的樣貌，但看得不很清楚，而且很快消失，使他唱出一首〈李夫人歌〉：

是邪？非耶？

立而望之，

翩何姍姍其來遲！

公元前 113 年，劉徹率領羣臣到河東郡汾陽縣祭祀后土，乘樓船泛舟汾河，簫鼓齊鳴，吟詩唱和。時值秋令，黃葉紛飛，北雁南歸，觸景生情，劉徹難免有人生易老，歲月無情之歎，唱出一闋〈秋風辭〉，文辭優美，感慨尤深，成為辭賦中的經典，影響深遠：

秋風起兮白雲飛，草木黃落兮雁南歸。
蘭有秀[1]兮菊有芳，懷佳人兮不能忘。
泛樓船兮濟汾河，橫中流兮揚素波。
簫鼓鳴兮發棹歌，歡樂極兮哀情多。
少壯幾時兮奈老何！

詩中「懷佳人兮不能忘」，有說「佳人」指賢臣，有說指去世的李夫人。既然劉徹結識李夫人由「佳人」一曲始，我寧願相信他不能忘的也是這位絕世獨立、傾國傾城的佳人。

註

1 秀：原本指植物開花，此處借指花的顏色。

十二

公無渡河

我霍里子高[1]和妻子麗玉在這黃河渡頭居住多年了，我在當地政府做一個低級吏卒，負責擺渡。這可不是一件輕鬆工作，尤其在上游暴雨之後，黃河像一條暴龍，渾濁的河水奔騰而下，河中央捲起一個個漩渦，把浮在水面的所有雜物吞沒。即使熟悉水性的我也會暫停服務，在

大自然的威勢底下，人的力量實在渺小。

下過幾日大雨之後，昨天開始停雨。我休工了三天，河水雖然仍急，今天不能不開工了。我清除了船艙的積水，坐下來吃我的早飯。忽然聽到船外一個女子的呼叫聲……

「你別走！你別走！救命！救命！」

我鑽出船外，見離我十數丈外，一個滿臉通紅一頭白髮的男子正向前狂奔，他手上還拿着一個酒壺，分明是喝醉了。在他身後一個女子跌跌碰碰的追趕着……

「停步呀！我求求你！你是過不了河的，救命！救命！」

我沒見過這兩人，但見那男子高舉雙手，臉上哭笑難分，呼叫着走進河裏。我跳上碼頭飛奔過去，但已經太遲，狂奔的馬羣似的河水把他一下子就捲到了河中央，那白髮的頭顱轉眼已在數十丈外。那女子轉身在河邊狂奔了數十步，終於跪下來痛哭。

我目睹這驚心動魄的一幕，兩腳發抖，不知如何去勸慰這個女子。我向她走過去時，她忽然掙扎着站立起來，我見她披散着頭髮，臉色煞白，踉蹌地向路邊走去。原來路邊有兩個包袱，還有一件叫箜篌[2]的樂器。我估計他們是流浪賣唱的歌者，從遠方來到這裏，喝醉了的男人把生命投向奔流，丟下這可憐的女子。

這女子去到包袱旁，拿起了箜篌，又回到河邊，隨地坐下，信手彈奏起來。她邊彈邊唱：

我叫你別過河，
你偏偏要過，
你現在死了，
以後我怎麼過？

註

1 霍里子高：身分是一名朝鮮津卒。

2 箜篌：一種像西方豎琴的樂器，漢代出現，宋代衰落，明代失傳，近代在羣策羣力研究下，恢復製造和演奏，已漸復興。

她唱了一遍又一遍，夾雜着嗚咽，隨風飄向河面，隨河水流向那男子逝去的方向。我發覺有眼淚掛在我臉上，我忘記有多少年沒有流過淚了。

忽然我聽到一聲斷弦的聲音，那女子抱着箜篌站了起來。在我完全沒有想到的瞬間，她跳進河裏，濺起一片水花，很快沒了蹤影。

這天我沒有開工，心情無比惡劣，那女子反復吟唱的幾句，在我心中迴響。我回到家裏，把江邊的悲劇告訴我的妻子，她靜默着，後來拿出她的箜篌，照着我說的音調彈奏起來。她邊彈邊唱：

我叫你別過河，
你偏偏要過，
你現在死了，
以後我怎麼過……

〈箜篌引〉（又名〈公無渡河〉）是樂府歌辭，初見於東漢。

公無渡河，
公竟渡河。
墮河而死，
其奈公何。

以〈箜篌引〉為題重寫此詩的古人不少，下面是李白的一首〈公無渡河〉：

黃河西來決昆崙，咆哮萬里觸龍門。波滔天，堯咨嗟。

大禹理百川，兒啼不窺家。殺湍湮洪水，九州始蠶麻。

其害乃去，茫然風沙。被髮之叟狂而癡，

清晨臨流欲奚為。旁人不惜妻止之，公無渡河苦渡之。

虎可搏，河難憑，公果溺死流海湄。有長鯨白齒若雪山，

公乎公乎掛罥於其間，箜篌所悲竟不還。

試把它譯成白話文：

黃河從西方來分開了昆崙山，咆哮着流經萬里觸碰着龍門山。波浪滔天使堯帝歎息。大禹為了治理百川，孩子出生也不回家看看。他制止了湍急的河流消滅了洪水，九州大地才恢復了農耕。洪水的災害去了，只是剩下大片的風沙。一個披着白髮的狂夫，一大早來到河邊不知想做什麼，旁人不理會他，只有他妻子苦勸他不要渡河。老虎可以搏鬥，大河不可以欺負。這男子結果溺死在大河之中。河中巨鯨的牙齒如雪山一樣，他呀他呀屍體懸掛在其間，他的妻子彈着箜篌唱着悲歌，可惜他永遠不會回來了。

十三　對酒當歌

文學史上有所謂「建安文學」，建安是漢獻帝年號，從建安前幾年到漢明帝最後一年（公元239年）期間的文學稱為建安文學，主要作家有曹氏父子（曹操、曹丕、曹植）、「建安七子」（孔融、陳琳、王粲、

徐幹、阮瑀、應瑒、劉楨）和蔡琰。

流行甚廣的《三國演義》把曹操刻劃為奸人，做了不少惡事。可是只要讀一讀他的文學作品，尤其是詩歌，你就會對他改顏相看，覺得他是性情中人，有抱負，有文才，想做一番大事。其中一首叫〈短歌行〉，《三國演義》安排他帶領馬步水兵八十三萬，遠征江東。於建安十三年冬十一月十五日晚置酒設樂於大船之上，躊躇滿志，橫槊賦詩，所賦就是這首。詩中既有人生苦短的感慨，又有渴求賢才，學効周公，讓天下歸心的抱負，使人感動和敬佩。

《三國演義》中這一段很精彩（見四十八回），摘錄如下：

曹操正笑談間，忽聞鴉聲望南飛鳴而去。操問曰：「此鴉緣何夜鳴？」左右答曰：「鴉見月明，疑是天曉，故離樹而鳴也。」操又大笑。時操已醉，乃取槊立於船頭上，以酒奠於江中，滿飲三爵，橫槊謂諸將曰：「我持此槊，破黃巾、擒呂布、滅袁術、收袁紹；深入塞北，直抵遼東，縱橫天下：頗不負大丈夫之志也。今對此景，甚有慷慨。吾當作歌，汝等和之。」歌曰：

對酒當歌，人生幾何？譬如朝露，去日苦多。
慨當以慷，憂思難忘。何以解憂：惟有杜康[1]。
青青子衿[2]，悠悠我心。但為君故，沉吟至今。
呦呦鹿鳴[3]，食野之苹。我有嘉賓，鼓瑟吹笙。
明明如月，何時可掇？憂從中來，不可斷絕。
越陌度阡，枉用相存[4]。契闊談宴，心念舊恩。

月明星稀，烏鵲南飛，繞樹三匝，無枝可依。

山不厭高，海不厭深。周公吐哺[5]，天下歸心。

在 YouTube 上可以看到《三國演義》電視劇中曹操橫槊賦詩，帶醉歌唱整首〈短歌行〉的鏡頭，壯志豪情，甚為動人。

註

1 杜康：相傳是最早造酒的人，這裏借代作「酒」。

2 青青子衿，悠悠我心：出自《詩經・鄭風》，本指姑娘思念情人，借用作渴求賢才。子，尊稱對方。衿，衣領。青衿，讀書人的服裝。借代有學問的人。

3 呦呦鹿鳴：呦呦，鹿的叫聲。之後四句，出自《詩經・小雅》，宴請嘉賓的場面。

4 越陌度阡，枉用相存：穿越縱橫交錯的小路，屈駕來存問。

5 周公吐哺：周公禮賢下士，渴求人才。有人求見，那怕正在進食，也多次吐出來見客。

十四

〈廣陵散〉于今絕矣！

魏晉時代有七位名士，他們不同流俗，喜歡流連在竹林裏嘯歌吟唱，自得其樂。他們各有文采和藝術造詣，為人景仰，被稱為「竹林七賢」。這七位賢人是嵇康、阮籍、山濤、向秀、劉伶、阮咸、王戎。七人中嵇康的故事最為傳奇，下面是其中三個。

孤館遇神

有一次嵇康獨遊天台山，領略了無限江山勝跡，欣賞了幾處仙人遺蹤，來到一座女巫之墓，與一石室相連。他想：其實陰陽兩界只一牆之隔。他就在階前歇下，準備露宿一宵，明晨看日出。

當時月色滿地，清風徐徐，碧波蕩漾，仙島渺渺，天台巍巍，星漢迢迢。他不禁讚歎說：真是人間仙境！就在這時聽到幽幽的琴聲從前方傳來，他尋聲覓去，來到一間茅舍。他不敢打擾，佇立靜聽。一曲既罷，一個清麗的女子開門出來，說先生想是知音人也，何不內進小坐。嵇康膽大，欣然入室。女子自我介紹是谷中女巫，雖人鬼殊途，嵇康並不驚慌。二人一見如故，無所不談。後來嵇康問她剛才所彈何曲？女巫說情之所至，信手彈彈而已，你喜歡就叫它〈孤館遇神〉吧。女巫邊說邊彈，又奏了一遍，嵇康也就記住了。這時女巫又另奏一曲，其動人心魄處令嵇康心潮澎湃，一時屏息，忽又激動下淚。女巫說：「感你對琴一往情深，再贈此曲。曲名〈廣陵散〉，乃廣陵子所撰，他曾與聶政一同在山中習琴，情同骨肉。」嵇康說：「原來如此，難怪曲中有殺伐之聲。」他恭請女巫賜予琴譜，女巫給他時叮囑切勿輕傳他人。二人對彈至天明方散。

女巫提到聶政，以下是他的故事。

聶政刺韓王

聶政出生的時候，已經沒有了父親，這是他生命中極大的遺憾。直到他成長之後，連妻室都有了，他追問再三，母親才告訴他，他父親是鑄劍師，為韓王鑄造寶劍，過了限期也沒能鑄成，被韓王殺了。聶政聽了大怒，要為父親報仇。他潛入宮中，但行刺失敗，逃入山中。遇到一位世外高人，教他學琴。一學學了七年（可能就是這時期認識廣陵子），他認為報仇的時間到了。他怕被人認出，用漆塗黑了身體，吞炭讓聲音嘶啞。回到城中，恰巧遇見他的妻子，他下意識地對她一笑，妻子卻哭了起來。聶政問：夫人何事悲傷？她回答說：我丈夫離家七年未歸，剛才先生對我一笑，您的牙齒極像我的夫君，所以引起我的感觸。聶政說：天下人的牙齒看上去都差不多，你別傷心了。

聶政再次避入山中，第一件事便是敲落自己的牙齒，又再苦練琴技，三年後下山。他肯定再沒有人認識自己，揀了一個人來人往的大道旁開始奏琴。由於琴聲美妙，引來大班人圍觀聆聽，連牛呀馬呀都為之停步。

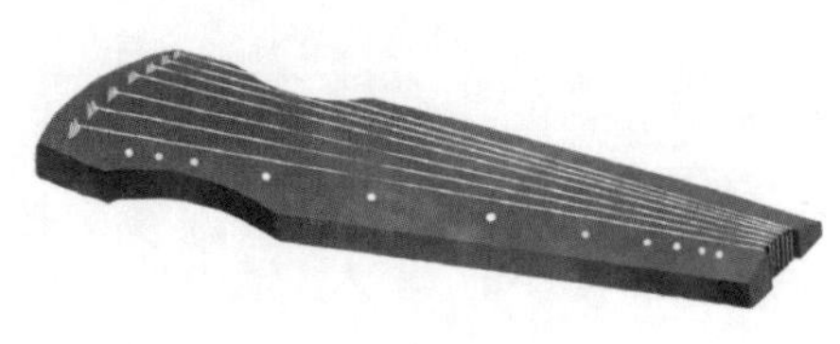

消息傳到宮中，韓王果然召聶政進宮表演。聶政奏了一曲，聽得韓王如癡如醉。聶政悄悄從琴腹中取出一柄短劍，疾如星火，一下子就取了韓王性命，他說：這就是讓人家一出世便看不到父親的報應！

〈廣陵散〉絕

嵇康是魏宗室的女婿，也做過中散大夫的官，但他講求養生之道，喜歡過自然無拘束的生活，歸隱在家。當時司馬氏與曹魏爭奪政權，大將軍司馬昭權傾天下，並且廣招天下賢才，鞏固自己勢力，嵇康也是他屬意招攬的人。先由司隸校尉鍾會帶備厚禮前往拜訪，卻遭到嵇康冷遇；再由嵇康的好友山濤

（字巨源）做說客，他卻寫了一篇〈與山巨源絕交書〉，列出自己有「七不堪」、「二不可」，堅決拒絕出仕。

他的不識抬舉和語帶諷刺終於激怒了統治者，借一宗他被牽涉的朋友的案件，判了他死刑。

這是一個晴朗的日子，刑場出奇的人多，黑壓壓坐了一大片的是三千個太學生，他們集體請願要求赦免嵇康（這可能是中國教育史上的第一次），並且聘請嵇康到太學任教，可是請求都被拒絕。

在等候行刑期間，嵇康神色如常，他根據日影，知道尚有時間，要求為大家演奏一曲。他的弟弟把他的琴拿來，他凝神靜氣，奏起一闋〈廣陵散〉，有記載說東晉葛洪描寫當時景況：

風停雲滯，人鬼俱寂，惟工尺跳躍於琴盤，思緒滑動於指尖，情感流淌於五玄，天籟回蕩於蒼天，仙樂裊裊如行雲流水，琴聲錚錚有鐵戈之聲，驚天地，泣鬼神，聽者無不動容。

（阿濃按：此段似屬近代人偽作，因為寫得還不錯，姑錄之。）

嵇康一曲既罷，歎息說：「袁孝尼（他的侄甥兼學生）曾經要求學習此曲，我捨不得給他，從此〈廣陵散〉要失傳了！」

嵇康受刑時僅三十九歲，時為公元 262 年。

幸好後世琴家於秘譜中發現此曲，加以整理，復現人間，成為十大古琴曲之一。

十五

風吹草低見牛羊

公元546年，中國南北朝期間，北朝的東西魏之間發生了一場玉壁之戰，這場仗打了五十多天，雙方各有死傷，但以主攻的東魏傷亡較多，十萬大軍死了七萬，加上發生瘟疫，帶兵的權臣高歡，本身還受了箭傷，不得不退。

撤退是令人沮喪的事，還有謠言流傳，説高歡傷重病危。為了振奮軍心，高歡召集將士，來一場宴飲。他帶病強自出席。席間他邀請部將斛律金（敕勒族人）唱歌，斛律金慷慨高歌一曲，就是後來文學史上的〈敕勒歌〉[1]：

敕勒川[2]，陰山下[3]，
天似穹廬[4]，籠蓋四野。
天蒼蒼，野茫茫，
風吹草低見牛羊。

斛律金唱的時候，高歡親自和唱，悲歌慷慨，悽然淚下。歌中所描寫的故鄉風情，使士兵們都有所感動，希望迅速回到故里。

玉壁山之戰不曾在歷史上留下多少筆墨，但這首〈敕勒歌〉卻成為中國文學史上重要作品。

元代大詩人元好問，在《論詩三十首》中讚賞這詩：

慷慨歌謠絕[5]不傳，穹廬一曲本天然。
中州萬古英雄氣，也到陰山敕勒川。

明代文學評論家胡應麟說：「此歌成於信口，正在不能文者以無意發之，所以渾樸蒼莽，使當時文士為之，便欲雕繢滿眼。」

兩個評論都欣賞它的天然質樸，渾厚大氣。

註

1 〈敕勒歌〉：據《樂府詩集》中記載，此歌原本用鮮卑語寫成，翻譯成齊語，所以句子長短不齊。

2 敕勒川：敕勒是中國古代種族名，屬原始游牧部落。敕勒川是敕勒族聚居地，在今山西、內蒙古一帶。川指「平川」、「平原」。

3 陰山：在現今內蒙古自治區北部。

4 穹廬：蒙古包。

5 慷慨歌謠絕：慷慨豪邁的傳統斷絕了。

十六 念奴——聲出於朝霞之上

讀宋詞的人沒有不知道有一個詞牌叫〈念奴嬌〉的，尤其是蘇東坡那首〈赤壁懷古〉：「大江東去，浪淘盡，千古風流人物……」更是豪放詞的代表作，怎麼會有一個「婉約」的詞牌名呢？

其實詞的內容不一定要與詞牌有關，但這詞牌中的「念奴」，卻的確是個豪放女子。

念奴是個女高音歌唱家，她活躍在民間，卻也時常被召進宮中獻唱。因為得到唐明皇欣賞，所以身分特殊，來往於宮廷和民間。

她長得漂亮，一出場就有一種震懾的氣勢，手上掌板，一對妙目左右一顧盼，大家就會屏息以待。看慣美女的玄宗也對其他妃子說：「此女妖媚，眼色媚人。」到她輕啟朱唇開口唱了，其聲激越高亢，直達朝霞之上，不論鐘鼓笙竽多少樂器齊奏，也掩蓋不住。

玄宗是個愛熱鬧的人，年中都會與民同樂，舉辦一些大型的音樂會，有時還在夜間舉行。當眾聲喧嘩，誰也聽不見誰時，玄宗就會命高力士在樓上高呼：「皇上命念奴唱歌，王二十五郎吹笛伴奏，念奴已奉詔前來了。」歡呼聲之後，大家就會漸漸靜下來。

這時念奴本來正與一班風流少年尋歡作樂，接到皇帝召喚，即時趕往。元稹〈連昌宮詞〉中有這部分的描繪。

力士傳呼覓念奴，念奴潛伴諸郎宿。

須臾覓得又連催，特敕街中許燃燭。

春嬌滿眼睡紅綃，掠削雲鬟旋裝束。
飛上九天歌一聲，二十五郎吹管逐。

說到〈念奴嬌〉詞，前面說過蘇軾的〈赤壁懷古〉是代表作，當然一定要背熟：

大江東去，浪淘盡、千古風流人物。故壘西邊，人道是、三國周郎赤壁。亂石穿空，驚濤拍岸，捲起千堆雪。江山如畫，一時多少豪傑。

遙想公瑾當年，小喬初嫁了，雄姿英發。羽扇綸巾，談笑間、檣櫓灰飛煙滅。故國神遊，多情應笑我，早生華髮。人生如夢，一尊還酹江月。

當代人也填〈念奴嬌〉，不久前看到習近平的一首，是追思一位為人民鞠躬盡瘁的好官焦裕祿的，寫得很有感情。

魂飛萬里，盼歸來，此水此山此地。百姓誰不愛好官？把淚焦桐[1]成雨。生也沙丘，死也沙丘[2]，父老生死繫。暮雪朝霜，毋改英雄意氣！

依然月明如昔，思君夜夜，肝膽常如洗。路漫漫其修遠矣，兩袖清風來去。為官一任，造福一方，遂了平生意。綠我涓滴，會它千頃澄碧。

——寫於一九九零年七月十五日

註

1 焦桐：為了防風固沙，焦裕祿提倡種植泡桐。如今蘭考縣泡桐如海，人稱「焦桐」。

2 生也沙丘，死也沙丘：焦裕祿臨終只有一個要求：「活着我沒有治好沙丘，死了也要看着你們把沙丘治好。」

十七

西出陽關無故人

唐朝大詩人王維，為他的好友元二送行。元二要到安西去，那是中國西北邊境的地方，設有龜

茲、于闐、焉耆、疏勒四鎮。往這苦寒之區，當然是苦辛之事，而且軍旅生涯充滿危機，這樣的離別不用說心情是沉重的。

他們大概在出入必經的渭城住了一個晚上，渭城就是現在陝西省的西安。前一天晚上已經談到夜深，沒有怎樣睡就天亮了。外面下着小雨，空氣清新，剛夠濕潤了地面，塵土不驚。那楊柳的葉子特別青綠，卻不想按俗例折一枝送行。柳者留也，反正留不住，倒不如多喝一杯，須知道一出了陽關，就再難找到知心的老朋友啦。這時王維很自然的吟出了四句：

渭城朝雨浥輕塵，客舍青青柳色新。

勸君更盡一杯酒，西出陽關無故人。

詩的題目就是〈送元二使安西〉（又常稱作〈渭城曲〉），想不到這首詩對送別的人太有同感共鳴，被收進了樂府，傳唱千年不絕。

當送別時唱這首歌，為求變化，其中一些句子要重唱，稱之為〈陽關三疊〉，但如何疊法卻有不同解說。其中較多人認同的是第一句不重唱，其他三句各唱兩次。

〈陽關三疊〉又有人編成琴譜，並有詞伴唱，其中一個版本是「九宮大成」版，成為近代許多合唱的版本，歌詞如下：

（一疊）

清和節當春。

渭城朝雨浥輕塵，客舍青青柳色新。

勸君更盡一杯酒，西出陽關無故人。

露夜與霜晨。

遄行！遄行！長途越渡關津，惆悵役此身。
歷苦辛、歷苦辛，歷歷苦辛，宜自珍、宜自珍。

（二疊）

渭城朝雨浥輕塵，客舍青青柳色新。
勸君更盡一杯酒，西出陽關無故人。
依依顧戀不忍離，淚滴沾巾。
無復相輔仁。
感懷、感懷，思君十二時辰，參商各一垠。
誰相因？誰相因？誰可相因？日馳神、日馳神。

（三疊）

渭城朝雨浥輕塵，客舍青青柳色新。
勸君更盡一杯酒，西出陽關無故人！
芳草遍如茵。
旨酒、旨酒，未飲心已先醇。
載馳駰、載馳駰，何日言旋軒轔？能酌幾多巡！
千巡有盡，寸衷難泯，無窮的傷感。
楚天湘水隔遠濱，期早託鴻鱗，
尺素申！尺素申！尺素頻申，如相親，如相親。

噫！

從今一別，兩地相思入夢頻，聞雁來賓。

送別詩中我也喜歡唐代詩人高適的〈別董大〉兩首中的一首：

十里黃雲白日曛，北風吹雁雪紛紛。

莫愁前路無知己，天下誰人不識君。

真心的推崇，積極的鼓勵，充滿正能量的贈別，聽者更覺受用。

十八

落花時節又逢君

這是唐代宗大歷五年（公元 770），安史之亂雖平，大唐元氣未復。開元、天寶年間備受皇室恩寵的樂師李龜年，仍流落在外。那是一處叫潭州的地方

（現湖南長沙一帶），過着困迫的日子，只是在一些節日或人們聚會的日子，有些人會請他來唱幾首歌。

這是一個暮春的日子，一個當年長安的大戶落籍於此。為慶祝他的生日，舉辦了一個送春園遊會，請來當年許多京城好友，也邀請了本地的名流士紳。李龜年亦在被邀之列，還邀約他作現場表演。

大家飲酒聊天，談着朝廷近況，思考着是否回流。多的是歎息，人已老，境已變，不是想回就回，恐怕最後還是終老並埋骨他鄉了。

琴聲使大家安靜下來，一把蒼涼渾厚的聲音開始吟唱，第一首是王維的〈伊州歌〉：

清風明月苦相思，蕩子從戎十載餘。

征人去日慇勤囑，歸雁來時數附書。

多少人家都有征人遠去，兄弟子侄，一去便杳無音信，生死不知。聽到這打動心弦的歌聲，多少人滿眶熱淚。

第二首又是王維的作品〈相思〉，是詩人特地寫給李龜年的，所以又有一個題目：〈江上贈李龜年〉。

紅豆生南國，春來發幾枝。
願君多採擷，此物最相思。

李龜年將此曲反復吟唱多次，眾人與之和唱：「此物最相思……此物最相思……」想到故鄉，想到各在天一涯的親友，多少人為之泣下。座中有一位稀客杜甫，當李龜年唱罷，他上前送上即席寫就的〈江南逢李龜年〉：

岐王宅裏尋常見，崔九堂前幾度聞。

正是江南好風景，落花時節又逢君。

岐王、崔九都是當年豪門大族，音樂大師當年得意其間。如今境遇已變，雖然風景仍好，卻已是落花時節，大家心中是何等滋味，不問可知。

李龜年接過讀了，沉吟片刻，便撥弄琴弦唱了起來，把那後面兩句唱得情意悠長，綿綿不絕。大家不難看到，兩個男子都眼中有淚。

十九 一聲何滿子

《唐詩三百首》中選了張祜的〈何滿子〉[1]：

故國三千里，深宮二十年。

一聲何滿子，雙淚落君前。

這是一首有名的「宮怨」詩，歷代有大批宮怨詩，成為一個類別。寫青春少女被送入宮中，從此失去自由，斷送一生幸福的怨情。這一首只得四句，但極為沉痛，因為前兩句極為概括：離家三千里遠，和家人分隔，一關就是二十年，悠長痛苦的歲月，怨憤難平。她唱了一句〈何滿子〉，眼淚已忍不住在君王面前流下。

這〈何滿子〉是一首怎樣的歌，能特別引起傷感呢？我們不妨追尋一下。

唐朝大詩人白居易和元稹是好朋友，但筆下的「何滿子」卻是兩個不同的故事。兩個何滿子都很會唱歌，同樣犯了死罪，在刑場上唱〈何滿子〉，但白居易的男性何滿子得不到赦免，元稹的女性何滿子卻逃出鬼門關。兩人都唱的是悲歌，從此〈何滿子〉成了悲歌的代名詞。

另一個〈何滿子〉的悲哀故事見於《全唐詩》和沈括的《夢溪筆談》：

唐武宗皇帝病得很嚴重，搬到便殿養病。他選了孟才人在身旁服侍自己，孟才人是因為善於彈箏唱歌受到寵愛的。

武宗看着孟才人不捨地說：「我快不行了，你有什麼打算？」

孟才人指着放笙的錦囊流着眼淚說：「我會用它來自縊，追隨陛下於地下。」

註

1 〈何滿子〉：後來成為詞牌，按詞譜填詞，又寫作「河滿子」。

武宗悽然流下眼淚。

孟才人走前輕輕替他抹去眼淚，強笑着說：「陛下好久沒有聽我唱曲了，讓我為你唱一首好嗎？」

武宗點頭。

孟才人打開錦囊，搬出笙來，輕輕調撥幾下，用妙曼的聲音唱起〈何滿子〉來……唱不到兩句忽然暈厥在地。武宗立即召喚御醫，御醫為她把脈，凝神了好一會兒，稟奏道：「脈息十分微弱，但她的腸已因悲傷過度而斷絕了。」

不久武宗也駕崩，出殯時靈柩重得抬不起來。有大臣說會不會是在等候孟才人？於是把孟才人的棺木也抬過來。說來你不信，武宗的靈柩此時就可以抬起來了。

說到〈何滿子〉這首樂曲，屬於唐教坊曲，可歌可舞。《白香詞譜》有它的譜式，是分上下闋的雙調，上下闋字數和平仄都相同。每闋第一、二句常用對仗，卻也可以不對，或取一闋作為單調。

寫得好的〈何滿子〉有宋朝晁元禮的一首：

草草時間歡笑，厭厭別後情懷。留下一場煩惱去，今回不比前回。幸自一成休也，阿誰教你重來。　眠夢何曾安穩，身心沒處安排。今世因緣如未斷，終期他日重諧。但願人心長在，到頭天眼須開。

我喜歡他以日常語入詞，為情煩惱但保持樂觀。

我最欣賞的〈何滿子〉是宋人孫洙的〈秋怨〉：

悵望浮生急景，淒涼寶瑟餘音。楚客多情偏怨別，碧山遠水登臨。目送連天衰草，夜闌幾處疏砧。　黃葉無風自落，秋雲不雨長陰。天若有情天亦老，搖搖幽恨難禁。惆悵舊歡如夢，覺來無處追尋。

尤其是下闋，雖然「天若有情天亦老」借用了李賀的詩，其他各句都是佳句，使人長吟不絕，其味無窮。

二十

小紅低唱我吹簫

精通音樂的南宋詞人姜夔於紹熙二年（公元1191年）在大詩人范成大蘇州石湖的家裏住了個多月。范成大家裏有幾株老梅，年終開得正盛。賞梅之餘，范成大要求姜夔為梅花填詞作曲。姜夔真的自度新腔（不依舊譜，重作新曲），填了〈暗香〉、〈疏影〉兩首新詞。姜夔自覺得意，這兩首詞也成為詠梅的文學名篇。

〈暗香〉

舊時月色，算幾番照我，梅邊吹笛？喚起玉人，不管清寒與攀摘。何遜[1]而今漸老，都忘卻、春風詞筆。但怪得、竹外疏花，香冷入瑤席。

江國，正寂寂。歎寄與路遙，夜雪初積。翠尊易泣，紅萼無言耿相憶。長記曾攜手處，千樹壓、西湖寒碧。又片片、吹盡也，幾時見得？

〈疏影〉

苔枝綴玉，有翠禽小小，枝上同宿。客裏相逢，籬角黃昏，無言自倚修竹。昭君不慣胡沙遠，但暗憶、江南江北。想佩環、月夜歸來，化作此花幽獨。　猶記深宮舊事，那人正睡裏，飛近蛾綠[2]。莫似春風，不管盈盈，早與安排金屋。還教一片隨波去，又卻怨、玉龍[3]哀曲。等恁時、重覓幽香，已入小窗橫幅。

范成大十分欣賞，命家中歌女按譜演唱。其中一個叫小紅的，聲音曼妙，風韻柔美，最能表達詞中情致。大家都聽得十分陶醉，姜夔那就更加不用說了。

快樂的時間過得特別快，轉瞬到了除夕，姜夔告辭回家過年。臨別小紅依依不捨，姜夔也感黯然。范成大忽然對小紅說：「你如願意，

註

1 何遜：南朝詩人，曾有詩〈詠早梅〉。

2 蛾綠：眉。

3 玉龍：玉笛。

就隨姜相公去罷。」兩人大喜過望。小紅收拾了物件，與主人和同伴道別。范成大又贈送了若干銀兩，范夫人亦叮嚀珍重。

他們自石湖下船，往姜夔所居苕溪（今湖州）出發。水路上小紅唱曲，姜夔吹簫相和，詩情畫意，如在夢中。

河上有一道橋，彎彎的像彩虹，名為垂虹。一曲既罷，看看外面，他們不知不覺已過了松陵路和多道橋梁，到達了垂虹橋，船行了好長一段路了。姜夔成詩一首記其事。

〈過垂虹〉

自作新詞韻最嬌，小紅低唱我吹簫。
曲終過盡松陵路，回首煙波十四橋。

我們可以想像詞人陶醉在似夢似幻的浪漫處境中，不知時間和空間的轉移，到醒來時，回頭所見，煙波渺渺，不知人間何世了。

二十一

天地有正氣

南宋丞相文天祥，兵敗被俘，囚於元朝燕京大牢中，展開說降與拒降的鬥爭，威迫利誘都未能動搖寧死不屈的決心。獄中環境惡劣，文天祥困處其中兩年後，寫〈正氣歌〉以明志。在序言中陳述獄中有七種邪穢之氣，包括下雨時積水浮動牀几的水氣；爛泥蒸發的土氣；驕陽帶來暴熱，獄中空氣不流通的日氣；獄卒簷下煮食的火氣；倉庫中穀米腐爛的米氣；獄中擠迫造成的人氣；廁坑和死老鼠形成的穢氣。而他居然安然無恙，憑藉的就是一股正氣。在〈正氣歌〉中他列舉十二位前賢，作為自己學習對象。他說：「哲人日已遠，典型在宿昔。」到文天祥被囚三年，大元至元十九年十二月八日，元世祖作最後爭取無望，為免後患，下令殺人。翌日押往柴市口服刑，沿途百姓圍觀如堵，送這位愛國英雄就義。

文天祥神色從容，相信他心中正默誦〈正氣歌〉，讓十五位壯烈之士與他同行。包括不畏殺戮，堅持要忠實地把「崔杼弒其君」寫進歷史的四位齊國史官；秉筆直書「趙盾弒其君」的晉國董狐；覓得壯士在博浪沙以大鐵錐襲擊秦始皇的張良；出使匈奴被流放牧羊十九年仍持漢節的蘇武；頭可斷誓不降的將軍嚴顏；用身體保護晉惠帝血濺帝袍的嵇紹；固守睢陽咬碎滿口牙齒的張巡；大罵安祿山被鉤斷舌頭不屈被殺的顏常山；拒絕徵召安貧講學的管寧；撰〈出師表〉強調「鞠躬盡瘁，死而後已」的諸葛亮；擊楫大江，誓復中原的祖逖；以朝笏痛擊反賊的段秀實。

抵達刑場，他南面再拜坐下，對監斬官說：「我的事完畢了。」後人都記得他的兩句詩：

人生自古誰無死，留取丹心照汗青。

〈正氣歌〉

天地有正氣，雜然賦流形：下則為河嶽，上則為日星；於人曰浩然，沛乎塞蒼冥。皇路當清夷[1]，含和吐明庭；時窮節乃見，一一垂丹青。在齊太史簡，在晉董狐筆，在秦張良椎，在漢蘇武節。為嚴將軍頭，為嵇侍中血，為張睢陽齒，為顏常山舌。或為遼東帽，清操厲冰雪；或為〈出師表〉，鬼神泣壯烈；或為渡江楫，慷慨吞胡羯；或為擊賊笏，逆豎頭破裂。是氣所磅礴，凜烈萬古存。當其貫日月，生死安足論。地維賴以立，天柱賴以尊。三綱[2]實繫命，道義為之根。嗟予遘陽九[3]，隸也實不力。楚囚纓其冠，傳車送窮北。鼎鑊甘如飴，求之不可得。陰房闃鬼火，春院閟天黑。牛驥同一皂，雞棲鳳凰食。一朝蒙霧露，分作溝中瘠。如此再寒暑，百沴[4]自辟易。哀哉沮洳場[5]，為我安樂國。豈有他繆巧，陰陽不能賊！顧此耿耿在，仰視浮雲白。悠悠我心悲，蒼天曷有極。哲人日已遠，典型在夙昔。風檐展書讀，古道照顏色。

註

1 皇路當清夷：國勢應當清平。

2 三綱：君為臣綱，父為子綱，夫為妻綱。

3 陽九：災難年，國勢危難。

4 百沴：致病因素。

5 沮洳場：低下陰濕的地方。

二十二

天也，你錯勘賢愚枉做天！

【滾繡球】有日月朝暮懸，有鬼神掌着生死權。天地也！只合把清濁分辨，可怎生糊突了盜跖顏淵？為善的受貧窮更命短，造惡的享富貴又壽延。天地也！做得個怕硬欺軟，卻原來也這般順水推船。地也，你不分好歹何為地！天也，你錯勘賢愚枉做天！哎，只落得兩淚漣漣。

各位，上面一段【滾繡球】是元代戲曲家關漢卿的雜劇代表作《竇娥冤》中最有名的一段。

所謂「雜劇」，是中國戲劇體制的一種，盛行於元代。要素有三：曲詞（唱）、賓白（說）和科（動作）。元雜劇加元散曲（非故事性）即所謂元曲，是元代最具特色文體，代表作家有關漢卿、馬致遠、白樸、王實甫等。

《竇娥冤》是元雜劇四大悲劇之一，其他為馬致遠的《漢宮秋》，白樸的《梧桐雨》，紀君祥的《趙氏孤兒》。

《竇娥冤》寫不幸女子竇娥被壞人誣陷落毒殺人，碰上昏官屈打成招處斬。臨刑竇娥立下三個誓願，一是血濺白練而不沾地，二是六月降雪掩其屍，三是當地大旱三年。結果一一應驗。三年後竇娥的冤魂向已經擔任廉訪使的父親控訴，最後沉冤得雪。

當時的元代社會，吏治腐敗，官場黑暗，底層市民廣受欺壓。關漢卿敢於借戲劇為百姓申訴不平，甚至連天地也敢責問，問為什麼天地如此是非不分，讓為善的受貧窮更命短，造惡的享富貴又壽延。借竇娥的口罵地不分好歹何為地！罵天錯勘賢愚枉做天！發出抗議的最強音，經舞台震動四方。

下面是竇娥在法場提出三個誓願的曲本：

〔劊子做喝科，云〕兀那婆子靠後，時辰到了也。〔正旦跪科〕〔劊子開枷科〕〔正旦云〕竇娥告監斬大人，有一事肯依竇娥，便死而無怨。〔監斬官云〕你有什麼事？你說。〔正旦云：〕要一領淨席，等我竇娥站立，又要丈二白練，掛在旗槍上。若是我竇娥委實冤枉，刀過處頭落，一腔熱血休半點兒沾在地下，都飛在白練上者。〔監斬官云〕這個就依你，打什麼不緊。〔劊子做取席站科，又取白練掛旗上科〕〔正旦唱〕

【耍孩兒】不是我竇娥罰下這等無頭願，委實的冤情不淺。若沒些兒靈聖與世人傳，也不見得湛湛青天。我不要半星熱血紅塵灑，都只在八尺旗槍素練懸。等他四下裏皆瞧見，這就是咱萇弘[1]化碧，望帝啼鵑。

〔劊子云〕你還有甚的說話，此時不對監斬大人說，幾時說那？〔正旦再跪科，云〕大人，如今是三伏[2]天道，若竇娥委實冤枉，身死之後，天降三尺瑞雪，遮掩了竇娥屍首。〔監斬官云〕這等三伏天道，你便有衝天的怨氣，也召不得一片雪來，可不胡說！〔正旦唱〕

【二煞】你道是暑氣暄，不是那下雪天，豈不聞飛霜六月因鄒衍[3]？若果有一腔怨氣噴如火，定要感的六出冰花滾似錦，免着我屍骸現；要什麼素車白馬，斷送出古陌荒阡？

〔正旦再跪科，云〕大人，我竇娥死的委實冤枉，從今以後，着這楚州亢旱三

註

1 萇弘：東周萇弘，自覺對周王室忠心耿耿，卻被中傷，自盡而死。他的血被民眾儲玉匣中，遷葬時發現化為碧玉。

2 三伏：一年中最熱的季節，分初伏、中伏、末伏，約在西曆六月至九月間。

3 鄒衍：戰國時陰陽家代表人物。侍奉燕惠王，盡忠被讒下獄，仰天而哭，五月飛霜。

4 每：們。

年。〔監斬官云〕打嘴！哪有這等說話！〔正旦唱〕

【一煞】你道是天公不可期，人心不可憐，不知皇天也肯從人願。做什麼三年不見甘霖降，也只為東海曾經孝婦冤。如今輪到你山陽縣，這都是官吏每[4]無心正法，使百姓有口難言。

二十三

碧雲天，黃花地，西風緊，
北雁南飛……

《西廂記》是元代王實甫改編金人董解元《西廂記諸宮調》而成的雜劇，最原始的故事來自唐代詩人元稹的傳奇作品《會真記》(又名《鶯鶯傳》)。

故事大概是書生張珙寄宿普救寺，與扶柩回鄉的崔相國之女鶯鶯一見而互相愛慕。適逢叛將孫飛虎包圍寺院，要強搶鶯鶯。鶯鶯的母親老夫人許下諾言：有能救鶯鶯者可娶她為妻。張珙致信故舊「白馬將軍」杜太守求救，杜發兵解圍。但老夫人悔婚，張生悲痛患病。後來在丫鬟紅娘的幫助下，二人書信暗通，最後成功幽會。私情被老夫人發現，拷打紅娘，得知真相，要責罰二人。紅娘據理力爭，老夫人無奈允許二人婚配，但要張珙先行進京赴考，取得功名後才可回來迎娶鶯鶯。結果張珙果然考中狀元，有情人終成眷屬。

《西廂記》反對封建包辦婚姻，要打破門當戶對的傳統觀念，爭取愛的權利，蔑視束縛男女相親的禮教，其大膽和出格使本劇成為上流社會的禁書，年輕人要偷偷地看，還不敢公開談論。《紅樓夢》中的林黛玉和賈寶玉都是讀者，不小心透露出來為對方所訕笑，而劇中的

「紅娘」更成為「媒人」的代詞。

本篇摘錄其中演出較多的〈拷紅〉和曲詞最優美的〈長亭送別〉[1]給大家欣賞。

〈拷紅〉

〔紅見夫人科〕〔夫人云〕小賤人，為什麼不跪下！你知罪麼？〔紅跪云〕紅娘不知罪。

〔夫人云〕你故自口強哩。若實説呵，饒你；若不實説呵，我直打死你這箇賤人！誰着你和小姐花園裏去來？〔紅云〕不曾去，誰見來？〔夫人云〕歡郎見你去來，尚故自推哩。〔打科〕〔紅云〕夫人休閃了手，且息怒停嗔，聽紅娘説。

【鬼三台】夜坐時停了針繡，共姐姐閒窮究，説張生哥哥病久。咱兩個背着夫人，向書房問候。〔夫人云〕問候呵，他說什麼？〔紅云〕他說來，道「老夫人事已休，將恩變為讎，着小生半途喜變做憂。」他道：「紅娘你且先行，教小姐權時落後。」

〔夫人云〕他是箇女孩兒家，着他落後怎麼！〔紅唱〕

【禿廝兒】我則道神針法灸，誰承望燕侶鶯儔？他兩箇經今月餘則是一處宿，何須你一一問緣由？

【聖藥王】他每不識憂，不識愁，一雙心意兩下投。夫人得好休，便好休，這其間何必苦追求？常言道「女大不中留」。

〔夫人云〕這端事都是你箇賤人。〔紅云〕非是張生小姐紅娘之罪，乃夫人之過也。〔夫人云〕這賤人到指下我來，怎麼是我之過？〔紅云〕信者人之根本，「人而無信，不知其可也。大車無輗，小車無軏[2]，其何以行之哉？」當日軍圍普救，夫人所許退軍者，以女妻之。張生非慕小姐顏色，豈肯區區建退軍之策？兵退身安，夫人悔卻前言，豈得不為失信乎？既然不肯成其事，只合酬之以金帛，令張生捨此而去。卻不當留請張生於書院，使怨女曠夫，各相早晚窺視，所以夫人有此一端。目下老夫人若不息其事，一來辱沒相國家譜；二來張生日後名重天下，施恩於人，忍令反受其辱哉？使至官司，夫人亦得治家不嚴之罪。官司若推其詳，亦知老夫人背義而忘恩，豈得為賢哉？紅娘不敢自專，乞望夫人台鑒：莫若恕其小過，成就大事，擱之以去其污，豈不為長便乎？

【麻郎兒】秀才是文章魁首，姐姐是仕女班頭；一個通徹三教九流，一個曉盡描鸞刺繡。

【幺篇】世有、便休、罷手，大恩人怎做敵頭？起白馬將軍故友，斬飛虎叛賊草寇。

【絡絲娘】不爭和張解元參辰卯酉，便是與崔相國出乖弄醜。到底干連着自己骨肉，夫人索窮究。

〔夫人云〕這小賤人也道得是。我不合養了這箇不肖之女。待經官呵，玷辱家門。罷罷！俺家無犯法之男，再婚之女，與了這廝罷。紅娘喚那賤人來！

〈長亭送別〉

〔夫人長老上云〕今日送張生赴京，十里長亭，安排下筵席。我和長老先行，不見張生小姐來到。

〔旦末紅同上〕〔旦云〕今日送張生上朝取應，早是離人傷感，況值那暮秋天氣，好煩惱人也呵！「悲歡聚散一杯酒，南北東西萬里程。」

【正宮】【端正好】碧雲天，黃花地，西風緊，北雁南飛。曉來誰染霜林醉？總是離人淚。

【滾繡球】恨相見得遲，怨歸去得疾。柳絲長玉驄[3]難繫，恨不倩疏林掛住斜暉。馬兒迍迍的行，車兒快快的隨，卻告了相思迴避，破題兒又早別離。聽得道一聲去也，鬆了金釧，遙望見十里長亭，減了玉肌：此恨誰知？

〔紅云〕姐姐今日怎麼不打扮？〔旦云〕你那知我的心裏呵？

【叨叨令】見安排着車兒馬兒，不由人熬熬煎煎的氣；有什麼心情花兒靨兒，打扮的嬌嬌滴滴的媚；準備着被兒枕兒，則索昏昏沉沉的睡；從今後衫兒袖兒，都搵做重重疊疊的淚。兀的不悶殺人也麼哥[4]！兀的不悶殺人也麼哥！久已後書兒信兒，索與我淒淒惶惶的寄。

註

1 〈拷紅〉、〈長亭送別〉：金聖歎批本《西廂記》將此二節分別稱為〈拷豔〉和〈哭宴〉。

2 大車無輗，小車無軏：大車無輗，小車無軏出自《論語》。大車是牛車，輗，連接牛與車的木頭。小車是馬車，軏，連接馬和車的鉤。沒有輗和軏，車就無法行走。

3 玉驄：馬。

4 也麼哥：元明戲曲中句末語氣詞，無意義。

二十四
姹紫嫣紅開遍

【遶地遊】〔旦上〕夢回鶯囀，亂煞年光遍。人立小庭深院。〔貼〕炷盡沉煙，抛殘繡線，恁今春關情似去年？

【烏夜啼】「〔旦〕曉來望斷梅關，宿妝殘。〔貼〕你側着宜春髻子，恰憑闌。〔旦〕翦不斷，理還亂，悶無端。〔貼〕已分付催花鶯燕借春看。」〔旦〕春香，可曾叫人掃除花徑？〔貼〕分付了。〔旦〕取鏡臺衣服來。〔貼取鏡臺衣服上〕「雲髻罷梳還對鏡，羅衣欲換更添香。」鏡臺衣服在此。

【步步嬌】〔旦〕裊晴絲吹來閒庭院，搖漾春如線。停半晌，整花鈿。沒揣菱花，偷人半面，迤逗的彩雲偏。〔行介〕步香閨怎便把全身現！

〔貼〕今日穿插的好。

【醉扶歸】〔旦〕你道翠生生出落的裙衫兒茜，豔晶晶花簪八寶填，可知我常一生兒愛好是天然。恰三春好處無人見。不提防沉魚落雁鳥驚喧，則怕的羞花閉月花愁顫。

〔貼〕早茶時了，請行。〔行介〕你看：「畫廊金粉半零星，池館蒼苔一片青。踏草怕泥新繡襪，惜花疼煞小金鈴。」〔旦〕不到園林，怎知春色如許！

【皁羅袍】原來姹紫嫣紅開遍，似這般都付與斷井頹垣。良辰美景奈何天，賞心樂事誰家院！恁般景致，我老爺和奶奶再不提起。〔合〕朝飛暮捲，雲霞翠軒；雨絲風片，煙波畫船——錦屏人忒看的這韶光賤！

〔貼〕是花都放了，那牡丹還早。

【好姐姐】〔旦〕遍青山啼紅了杜鵑，荼蘼外煙絲醉軟。春香呵，牡丹雖好，他春歸怎占的先！〔貼〕成對兒鶯燕呵。〔合〕閒凝眄，生生燕語明如翦，嚦嚦鶯歌溜的圓。

〔旦〕去罷。〔貼〕這園子委是觀之不足也。〔旦〕提他怎的！〔行介〕

【隔尾】觀之不足由他繾，便賞遍了十二亭臺是枉然。到不如興盡回家閒過遣。

各位，以上這段是明朝劇作家湯顯祖代表作崑曲之《牡丹亭‧驚夢》中的部分戲文。《牡丹亭》共分五十五齣，演出最多的就是〈驚夢〉、〈尋夢〉、〈幽媾〉。

故事講述南宋時期南安太守杜寶的獨生女杜麗娘在一個春日遊園倦了，夢中與一書生相愛，醒後尋夢不得，抑鬱而終。

杜麗娘臨終將自己的畫像封存埋入亭旁。三年之後夢中情人柳夢梅赴京考試，偶然發現了杜麗娘的畫像。

杜麗娘的鬼魂尋到柳夢梅，要他掘墳開棺，竟然復活。

經過一番周折，有情人終成了眷屬。

這是一個古典浪漫愛情的戲，劇中的杜麗娘大膽追求自由幸福的愛情，強烈要求個性解放，生死不渝，創造了一個鮮明又可愛的形象。

讓我們初步了解一下上面引用的這段戲文。

這個戲屬崑曲，被認為是中國傳統戲曲中最古老劇種，「百戲之祖，百戲之師」。

崑曲行當（角色分配）中扮演女角的分老旦、正旦、作旦、刺殺旦、閨門旦、貼旦、武旦。所引戲文中杜麗娘是閨門旦（美貌少女、年輕婦人），春香是貼旦（丫鬟、活潑少女）。

【遶地遊】、【皁羅袍】等是崑曲曲牌名。

這段戲是全劇提綱挈領的一場，因「遊園」而「驚夢」，男女主角初會，發展為後來驚心動魄、蕩氣迴腸的故事。短短的這段「驚夢」已盡顯一個深閨少女的美麗與哀愁。「炷盡沉煙，拋殘繡線」是百無聊賴，還要「今春關情似去年」沒個了期。難怪心情是「翦不斷，理還亂，悶無端」。鏡子裏「沉魚落雁」「閉月羞花」的美貌偏是「無人見」。與之對比的是園子裏「姹紫嫣紅開遍」卻付與無人顧問的「斷井殘垣」。雖有良辰美景，徒歎奈何；那賞心樂事不知在誰家庭院。這份自憐自賞，觸景傷情，對青春虛耗的悲哀終於化為春夢，引起一段可歌可泣的故事。

《牡丹亭》中最諧趣的一段是第七出〈閨塾〉，又名〈學堂〉或〈春香鬧學〉，陳腐的老師和頑皮的學生相映成趣。試把他譯成白話供大家欣賞：

（陳最良上，道白）讀罷詩書忍不住要塗改塗改前人吟春的句子，吃過早飯又思念着一會兒的晌午茶。這些螞蟻爬上硯台來喝水，蜜蜂兒穿過窗眼來採瓶中的花。我陳最良在杜老爺家做個塾師，為杜小姐講解《毛詩》，多承老夫人殷勤管待，今天已經吃過早飯，讓我把這《毛詩》的注解細細研讀一番。（唸書）「關關雎鳩，在河之洲。窈窕淑女，君子好逑。」「好」的意思是「好好的」，「逑」的意思是「追求」。（做看的樣子，道白）到這時候了，還不見女學生來上課，太嬌生慣養了！待我敲三聲雲板。（敲雲板三聲）春香，叫小姐來上課。

（杜麗娘帶着丫鬟春香捧着書上）剛剛淡妝才罷，慢慢來到這書房下，這兒窗明几淨，十分優雅。（春香接唱）這《昔時賢文》把人悶煞，這時節就好像喚醒了鸚哥兒學喚茶。

（三人做見面禮）（杜麗娘說）向先生請安！（春香說）先生不要見怪！（陳最良道白）作為女子，雞一叫就要起牀梳洗，向父母請安。日出之後，各人做他應做之事。如今你的事情就是讀書，要早點起來才是。（杜麗娘說）以後不敢了！（春香說）知道了，最多今兒個晚上不睡，到三更時分，請老師來講書。（陳最良說）昨天教的《毛詩》可有溫習？（杜麗娘說）溫習了，等老師講解。（陳最良說）你念來聽聽。（杜麗娘念詩）「關關雎鳩，在河之洲。窈窕淑女，君子好逑。」（陳最良說）好，現在聽講。「關關雎鳩」，雎鳩是個鳥，關關是牠叫的聲音。（春香說）怎麼個聲音？（陳最良學鳥叫，春香也學着叫，鬧着玩）（陳最良說）這鳥兒喜歡幽靜，棲息在河中的沙洲上。（春香說）是呀，不是昨日就是前日，不是今年就是去年，我們府衙裏關着一隻班鳩，被小姐放了，一飛飛到何知州家。（陳最良說）別胡說，這是《詩經》裏的「興」。（春香說）「興個什麼？」（陳最良說）「興」的意思就是「起」，引起下文。下面是「窈窕淑女」，是說柔順嫻靜的女子，等那君子好好的來求她。（春香說）為什麼要好好的求她？（陳最良說）多嘴！（杜麗娘說）老師，依照註文來解書，學生自己會，倒不如請你把《詩經》的大意為學生講解一下。

（陳最良唱）論《六經》，《詩經》乃其中最奇葩的，教導你們女子舉止嫻雅。有例證，像姜嫄[1]生了小娃；不嫉妒，身為后妃要賢慧通達；更有那吟雞鳴，傷燕羽，泣江皋，思漢廣[2]等篇章，都是教你們洗淨鉛華，有助風化，宜室宜家[3]。（杜麗娘說）啊呀，有這麼多經文呀！（陳最良說）《詩經》三百篇，一句話可以概括，不用多，就是「無邪」二字，你可記住啦！

註

1 姜嫄：見《詩經・大雅・生民》說的是姜嫄（帝嚳之妻）虔敬祭祀，踩到上帝的腳印，懷孕生下后稷。起初將之丟棄，但受到鳥獸保護，抱回家撫養長大。

2 吟雞鳴，傷燕羽，泣江皐，思漢廣：所舉指《詩經》的〈雞鳴〉、〈燕燕〉、〈江有汜〉、〈漢廣〉諸篇。

3 宜室宜家：見《詩經・桃夭》篇。

二十五

宮紗扇現有詩題，萬種恩情，一夜夫妻。

清代劇作家孔尚任，用了十多年時間寫成了《桃花扇》這部傳奇。說的是南京名妓李香君和名士侯方域的愛情故事，背景是晚明亂世，本劇借離合之情，寫興亡之感，故事的發展樞紐集中在一柄扇子上。

二人定情時，侯方域送了一把宮紗扇給李香君，這扇象牙骨、琥珀扇墜，上面還題了詩。後來侯方域躲避奸臣迫害，離南京投奔身在揚州的督師史可法。奸臣阮大鋮為討好僉都御史田仰，派人往香君處送上聘金，要強娶香君送給田仰。香君撞牆自盡，血濺宮紗扇。在友人楊龍友的協助下，以妓院主管李大娘代香君出嫁。楊龍友把宮紗扇上的血跡添加幾筆變成桃花，香君託教曲老師蘇崑生把扇帶給侯方域。晚明滅亡後，二人經多番波折，在白雲庵中重逢，正對扇共訴離情時，被法師撕毀扇子，喝道：「兩個癡蟲，你看國在哪裏？家在哪裏？君在哪裏？父在哪裏？偏偏這點花月情根，割它不斷麼？」兩人立時醒悟，一同答應修道。

劇本對晚明朝廷君臣腐敗大加貶斥，對忠臣義士深致敬意，而出身草莽者的錚錚風骨更勝於貪生怕死的官吏。

本篇節選桃花扇由來的〈守樓〉和慨歎盛衰的〈餘韻〉給大家欣賞。

〈守樓〉

〔小旦[1]向末[2]介〕楊老爺從來疼俺母子，為何下這毒手？〔末〕不干我事。那馬瑤草知你拒絕田仰，動了大怒，差一班惡僕登門強娶。下官怕你受氣，特為護你而來。〔小旦〕這等多謝了，還求老爺始終救解。〔末〕依我說三百財禮，也不算喫虧；香君嫁箇漕撫，也不算失所。你有多大本事，能敵他兩家勢力？〔小旦思介〕楊老爺說的有理，看這局面，拗不去了。孩兒趁早收拾下樓罷！〔旦[3]怒介〕媽媽說那裏話來！當日楊老爺作媒，媽媽主婚，把奴嫁與侯郎，滿堂賓客，誰沒看見。現收着定盟之物。〔急向內取出扇介〕這首定情詩，楊老爺都看過，難道忘了不成？

【攤破錦地花】案齊眉，他是我終身倚，盟誓怎移。宮紗扇現有詩題，萬種恩情，一夜夫妻。〔末〕那侯郎避禍逃走，不知去向；設若三年不歸，你也只顧等他麼？〔旦〕便等他三年，便等他十年，便等他一百年，只不嫁田仰。〔末〕阿呀！好性氣，又像摘翠脱衣罵阮圓海的那番光景了。〔旦〕可又來，阮、田同是魏

宮紗扇現有詩題，萬種恩情，一夜夫妻。

註

1 小旦：女角，貞娘，類似舞女的媽媽生。

2 末：中年男角，楊龍友，香君友人。

3 旦：女主角，香君。

4 雜：低階層腳色，保兒，妓院打雜。

5 小生：較年輕男角，奉命來迎娶的另一家人。

黨。阮家妝奩尚且不受，到去跟着田仰麼？〔內喊介〕夜已深了，快些上轎，還要趕到船上去哩。〔小旦勸介〕傻丫頭！嫁到田府，少不了你的吃穿哩。〔旦〕呸！我立志守節，豈在温飽。**忍寒飢，決不下這翠樓梯。**

〔小旦〕事到今日，也顧不得他了。〔叫介〕楊老爺放下財禮，大家幫他梳頭穿衣。〔小旦替梳頭，末替穿衣介〕〔旦持扇前後亂打介〕〔末〕好利害，一柄詩扇，倒像一把防身的利劍。〔小旦〕草草妝完，抱他下樓罷。〔末抱介〕〔旦哭介〕奴家就死不下此樓。〔倒地撞頭暈臥介〕〔小旦驚介〕阿呀！我兒甦醒，竟把花容，碰了箇稀爛。〔末指扇介〕你看血噴滿地，連這詩扇都濺壞了。〔拾扇付雜[4]介〕〔小旦喚介〕保兒，扶起香君，且到臥房安歇罷。〔雜扶旦下〕〔內喊介〕夜已三更了，詐去銀子，不打發上轎，我們要上樓拏人哩。〔末向樓下介〕管家略等一等，他母子難捨，其實可憐的。〔小旦急介〕孩兒碰壞，外邊聲聲要人，這怎麼處？〔末〕那宰相勢力，你是知道的，這番羞了他去，你母子不要性命了。〔小旦怕介〕求楊老爺救俺則箇。〔末〕沒奈何，且尋箇權宜之法罷！〔小旦〕有何權宜之法？〔末〕娼家從良，原是好事，況且嫁與田府，不少喫穿，香君既沒造化，你倒替他享受去罷。〔小旦急介〕這斷不能。一時一霎，叫我如何捨的？〔末怒介〕明日早來拏人，看你捨得捨不得。〔小旦呆介〕也罷！叫香君守着樓，我去走一遭兒。〔想介〕不好，不好，只怕有人認得。〔末〕我說你是香君，誰能辨別？〔小旦〕既是這等，少不得又妝新人了。〔忙打扮完介〕〔向內叫介〕香君，我兒好好將息，我替你去了。〔又囑介〕三百兩銀子，替我收好，不要花費了。〔末扶小旦下樓介〕

【麻婆子】〔小旦〕下樓下樓三更夜，紅燈滿路輝；出户出户寒風起，看花未必歸。〔小生[5]外打燈抬轎上〕好，好。新人出來了，快請上轎。〔小旦別末介〕別過楊老爺罷。〔末〕前途保重，後會有期。〔小旦〕楊老爺，今晚且宿院中照管孩兒。〔末〕自然。〔小旦上轎介〕蕭郎從此路人窺，侯門再出豈容易。〔行介〕捨了笙歌隊，今夜伴阿誰。

〔俱下〕〔末笑介〕貞麗從良，香君守節，雪了阮兄之恨，全了馬舅之威！將李代桃，一舉四得，倒也是箇妙計。〔歎介〕只是母子分別，未免傷心。

匆匆夜去替蛾眉，一曲歌同易水悲；
燕子樓中人臥病，燈昏被冷有誰知。

〈餘韻〉

【哀江南】【北新水令】山松野草帶花挑，猛抬頭秣陵重到。殘軍留廢壘，瘦馬臥空壕，村郭蕭條，城對着夕陽道。

【駐馬聽】野火頻燒，護墓長楸多半焦。山羊羣跑，守陵阿監幾時逃？鴿翎蝠糞滿堂拋，枯枝敗葉當階罩。誰祭掃，牧兒打碎龍碑帽。

【沉醉東風】橫白玉八根柱倒，墮紅泥半堵牆高，碎琉璃瓦片多，爛翡翠窗櫺少，舞丹墀燕雀常朝，直入宮門一路蒿，住幾箇乞兒餓殍。

【折桂令】問秦淮舊日窗寮，破紙迎風，壞檻當潮，目斷魂消。當年粉黛，何處笙簫。罷燈船端陽不鬧，收酒旗重九無聊。白鳥飄飄，綠水滔滔，嫩黃花有些蝶飛，新紅葉無箇人瞧。

【沽美酒】你記得跨青谿半里橋，舊紅板沒一條。秋水長天人過少，冷清清的落照，賸一樹柳彎腰。

【太平令】行到那舊院門，何用輕敲，也不怕小犬哰哰。無非是枯井頹巢，不過些磚苔砌草。手種的花條柳梢，儘意兒採樵，這黑灰是誰家廚竈？

【離亭宴帶歇指煞】俺曾見金陵玉殿鶯啼曉，秦淮水榭花開早，誰知道容易冰消。眼看他起朱樓，眼看他讌賓客，眼看他樓塌了。這青苔碧瓦堆，俺曾睡風流覺，將五十年興亡看飽。那烏衣巷不姓王，莫愁湖鬼夜哭，鳳凰臺棲梟鳥。殘山夢最真，舊境丟難掉，不信這輿圖換稿。謅一套哀江南，放悲聲唱到老。

註：這是江湖藝人蘇崑生、柳敬亭隱居時，作歌自娛所寫，上面一節由蘇崑生唱出。